KB262391

WARRIORS
워리어스

신림 퓨전 판타지 소설
FUSION FANTASTIC STORY

워리어스 4

신림 퓨전 판타지 소설

초판 1쇄 찍은 날 § 2013년 1월 22일
초판 1쇄 펴낸 날 § 2013년 1월 29일

지은이 § 신림
펴낸이 § 서경석

편집부장 § 권태완
편집책임 § 박우진
디자인 § 이혜정

펴낸곳 § 도서출판 청어람
등록번호 § 제1081-1-89호
등록일자 § 1999. 5. 31
어람번호 § 제1-1530호

주소 § 경기도 부천시 원미구 심곡2동 163-2 서경B/D 3F (우) 420-822
전화 § 032-656-4452   팩스 § 032-656-4453
http://www.chungeoram.com
E-mail § chungeorambook@daum.net

ⓒ 신림, 2012

ISBN 978-89-251-3151-1 04810
ISBN 978-89-251-3070-5 (세트)

※ 파본은 구입하신 서점에서 교환하여 드립니다.
※ 저자와 협의하여 인지를 붙이지 않습니다.
※ 이 책은 도서출판 청어람과 저작자의 계약에 의해 출판된 것이므로,
   무단 전재 및 유포·공유를 금합니다.

WARRIORS

4

워리어스

신림 퓨전 판타지 소설 | FUSION FANTASTIC STORY

도서출판 청어람

CONTENTS

CHAPTER
01

질투는 눈을 멀게 한다

쿠장창창.

"우리 오로도스 가문이 워리어스 흉내나 내던 곳에 밀려? 이게 말이 돼?"

막시무스는 찻잔을 쓸어버리며 소리쳤다. 갈라파고스 가문에 패한 것 때문에 꽤나 충격을 받은 듯하다.

"진정하십시오. 가주님."

"입이 있으면 말을 해봐! 클라니우스 가문도 아니고 집안에서 지들끼리 싸움이나 해오던 갈라파고스 가문에 밀렸단 말이다. 이제 어찌 얼굴을 들고 다닌단 말이냐!"

맥커리 총관이 진정시키려 하지만 막시무스는 더욱 흥분했다. 클라니우스 가문이 불참한 이상 승리는 따놓은 당상이라 생각했는데 완패를 한 것이다.

그것도 처음 출전하는 갈라파고스 가문에 패했으니 대를 이어온 오로도스 가문으로선 망신인 셈이다.

"갈라파고스 가문의 워리어스들이 실로 대단했습니다. 설마 그런 자들을 데리고 있을 줄이야."

맥커리 총관은 갈라파고스 가문의 저력을 꽤나 높이 평가했다. 그들의 수준이 양대가문인 클라니우스 가문이나 오로도스 가문에 비해 결코 낮지 않았기 때문이다.

"그저 워리어스 놀이나 하는 건 아니었단 말인가……."

막시무스도 갈라파고스 가문의 워리어스들을 떠올리니 흥분했던 마음이 조금은 가라앉았다. 적어도 부끄럽지 않은 실력을 가지고 있다는 건 인정한 탓이다.

"그보다 못 느끼셨습니까?"

"뭘 말인가?"

"갈라파고스 가문의 워리어스들이 대단한 실력을 지니고 있었던 건 사실이지만 이번 결과는 그걸로만 단정 짓기에는 미심쩍은 점들이 너무 많았습니다."

맥커리 총관은 이번 시합에 대해서 의문을 제기했다.

"어떤 면에서 그렇지?"

막시무스는 맥커리가 의도하는 바를 전혀 알아차리지 못했다.

"그렇지 않아도 그 부분에 대해서는 마스터 쿠샨과 이야기를 나눴습니다. 직접 들어보시겠습니까?"

"쿠샨을 데려와라!"

"예. 가주님."

맥커리 총관은 막시무스가 쉽게 느낄 수 있도록 마스터 쿠샨을 데리러 갔다. 워리어스의 대결에 있어서는 마스터 쿠샨이 가장 정통해 있기 때문이다.

"가주님! 부르셨습니까?"

잠시 후 쿠샨이 들어왔다. 맥커리 총관과는 사전에 이야기가 오간 듯했다.

"뭔가 미심쩍은 점이 있다고?"

"그렇습니다."

"만일 네놈이 훈련을 게을리 시킨 걸 무마해 보려는 변명이라면 안 하는 게 좋을 것이다."

막시무스는 엄한 표정으로 경고했다. 첫 출전인 갈라파고스 가문의 워리어스들에게 패한 건 일차적으로는 실력이 떨어져서가 아닌가. 그리고 워리어스의 훈련을 담당하는 마스터 쿠샨에게 가장 큰 책임이 있는 것이다.

　단지 책임을 모면하고자 엉뚱한 핑계를 대는 것이라면 절대로 용서하지 않을 생각이다.

　"절대 그렇지 않습니다. 제가 느낀 점을 솔직하게 말씀드리는 것뿐입니다."

　"일단 들어보지. 말해라."

　막시무스는 일단 쿠샨의 의견을 듣고 결정하기로 했다. 과연 맥커리 총관이 말했던 대로 실력 이외의 것이 작용했는지 알기 위함이다.

　"갈라파고스 가문의 워리어스들의 실력도 뛰어났지만 그들의 시합을 보자면 마치 결과를 예견하고 임한 듯 보였습니다. 그들은 첫 출전이지만 전혀 위축되어 있지 않았습니다."

　"흥. 자신감이 있었겠지."

　쿠샨이 지적한 갈라파고스의 워리어스들의 모습은 막시무스에게는 별다른 감흥을 주지 못했다. 오히려 더욱 화를 돋궜다.

　"그렇지가 않습니다. 가주님께서도 보셨겠지만 갈라파고스 가문의 워리어스들은 매 시합을 압도적으로 승리했습니다."

　"뭐, 우리 가문 외에는 제대로 대항조차 못했지. 일방적인 시합이었다고 할 수 있다."

갈라파고스 워리어스들의 강함은 막시무스도 인정하고 있었다. 그나마 자신의 워리어스들이니까 어느 정도 대적했지 나머지 가문의 워리어스들은 그야말로 상대가 되지 않았기 때문이다.

하지만 그건 갈라파고스 워리어스들의 강함을 재확인하는 것일 뿐 달리 의심할 만한 일은 아니었다.

"바로 그 점입니다."

"무슨 뜻이지?"

막시무스는 여전히 쿠샨이 하고자 하는 말을 이해하지 못했다. 실력이 강하기에 압도적인 결과를 만들어낸 것이 아닌가.

"갈라파고스 가문의 워리어스들은 철저하게 맞춤형 전략을 채택했습니다."

"맞춤형 전략?"

막시무스의 고개가 갸웃했다. 쿠샨이 말한 부분에 대해서는 전혀 생각해 본 일이 없기 때문이다.

"상대하기 가장 껄끄러운 약점을 집요하게 공략했다고 볼 수 있습니다. 예를 들어 펄스카인 가문의 첫 시합에 나선 워리어스는 익히 알려진 자였습니다."

쿠샨은 구체적인 부분을 짚어냈다. 막시무스의 이해를 쉽게 하기 위함이다.

　"두 개의 단검을 자유자재로 사용하는 놈이지. 매 시합 때마다 출전했으니 실력도 제법 되는 편이고."

　막시무스도 펄스카인 가문의 워리어스에 대해서는 잘 알고 있었다. 변두리 가문치고는 제법 실력이 빼어난 자였던 것이다.

　"그렇습니다. 하지만 언제나처럼 창을 사용하는 상대에게는 지나치게 밀리는 약점이 있었습니다."

　"그렇겠지. 아무래도 단검이다 보니."

　막시무스는 당연스레 받아들였다. 싸움에 있어서 무기의 장단점은 존재하고 그것을 어떻게 사용하느냐는 중요하다. 또한 짧은 무기가 불리한 것은 당연한 이치가 아닌가.

　"그는 이미 무기의 거리 차는 넘어서는 정도의 실력입니다. 단지 단검이라서 창을 상대하는 데 취약한 게 아닙니다. 워리어스들은 각각 상대하기 까다로운 상대나 무기들이 있는데 그자는 창인 것입니다."

　하지만 쿠샨의 생각은 달랐다. 단순히 긴 창이어서가 아니라 창 자체가 약점인 셈이다. 그건 지금까지의 시합을 돌이켜 보면 확연히 드러나는 약점인 것이다.

　"그런데?"

　아직까지도 막시무스는 쿠샨의 의도를 알지 못했다.

"갈라파고스 가문에서는 그 점을 잘 알고 처음부터 창을 사용하는 워리어스를 출전시켰습니다."

"으음. 미리 알고 있었다?"

막시무스의 눈빛이 살짝 변했다. 쿠샨이 말하고자 하는 바를 이제야 조금은 이해한 듯했다. 가장 취약한 상대를 내보낸 것이라면 충분히 가능한 일이다.

"그렇습니다. 그뿐만이 아닙니다. 바람의 파이터라 불리는 팔콘은 거리를 두고 싸우는 아웃파이터에는 늘 취약함을 보여왔습니다. 그런데 갈라파고스 가문에서는 어김없이 그런 상대로 맞섰습니다."

쿠샨은 그밖의 상대에 대해서도 이야기했다. 바람의 파이터 팔콘. 그는 클라니우스 가문은 물론 오로도스 가문에서도 탐냈던 자다. 그는 맨주먹을 사용하거나 짧은 봉을 사용하는데 일단 거리가 좁혀지면 마치 태풍이 몰아치듯 상대를 유린한다.

하지만 일정한 거리를 두고 싸우는 상대를 만나면 급격하게 균형을 잃는 단점이 있는데 갈라파고스 가문에서는 팔콘이 가장 싫어하는 유형의 상대를 내보낸 것이다.

"으음. 그래서 일방적인 시합이 되었지."

막시무스도 순순히 인정했다.

"우리와의 시합도 마찬가지였습니다. 이번에 패한 레이

슨, 미러, 힐튼 모두 가장 상대하기 까다로운 상대가 걸렸습니다. 덕분에 제대로 된 싸움도 해보지 못하고 패했습니다.”

쿠샨은 단지 실력이 부족해서가 아니라는 걸 명확히 했다. 갈라파고스의 워리어스들을 상대한 오로도스 가문의 워리어스들은 시작부터 힘겨운 싸움을 한 것이다.

“잠깐. 생각 좀 해보지. 레이슨은 거리를 벌리는 데 익숙하고 미러는 힘으로 밀어붙이는 타입, 그리고 힐튼은 검술에 비해 내공이 약한 편이지.”

막시무스는 생각을 정리해 보았다. 자신의 워리어스들이니 강점은 물론 약점도 모두 알고 있었다. 그날의 시합을 떠올려 보면 쿠샨이 말하고자 하는 게 무엇인지 느껴지고 있었다.

“바로 그렇습니다. 그들의 상대를 떠올려 보십시오. 전부 반대되는 성향의 워리어스들입니다.”

“으음. 우리 가문 역시도 다른 곳처럼 당했다는 건가?”

막시무스의 표정이 굳어졌다. 쿠샨의 말을 듣고 보니 하나같이 제대로 된 실력을 발휘하지 못하고 무기력하게 패한 것이다. 그저 실력 차이가 크다고만 생각했는데 다른 이유가 있었다는 걸 알게 되었다.

겉보기에는 정당한 싸움 같지만 실제로는 비겁한 술수에

놓아난 셈이다.

"제 생각은 그렇습니다. 갈라파고스 가문의 워리어스들은 상대할 워리어스들의 약점을 정확히 알고 있었습니다."

쿠샨은 자신의 생각에 대해서 확신했다.

"총관도 그리 생각하나?"

"저도 마스터 쿠샨과 같은 생각입니다. 갈라파고스 가문은 처음부터 이길 수밖에 없는 싸움을 한 것입니다."

맥커리 총관 역시 쿠샨와 같은 생각이었다. 이 부분에 대해서는 이미 논의를 했었기 때문이다.

"그러니까 갈라파고스 가문에서는 자신들과 맞붙게 될 워리어스들의 약점을 파악하고 거기에 걸맞은 자들을 출선시켰다?"

막시무스의 눈빛이 매서워졌다. 이건 공정한 시합이 아니다. 이런 식이라면 절대로 갈라파고스 가문을 이길 수 없다.

"그렇습니다. 갈라파고스 가문의 힘이라면 어느 가문과 시합을 할지, 그리고 어떤 워리어스와 상대하게 될지 미리 알 만한 힘이 있습니다. 또한 대진표도 구미에 맞게 바꿀 수 있지요."

맥커리 총관은 확신했다. 갈라파고스 가문은 그만한 힘이 있었기 때문이다. 비록 콜로세움의 시합에 대해서는 시장이 전권을 가지고 있지만 대진표쯤은 갈라파고스 가문에서 충분히 바꿀 수 있다.

시장이 그 정도의 부탁을 거절할 리가 없다. 시장도 갈라파고스 가문과 척을 져서 좋을 건 없기 때문이다.

"물론이다. 갈라파고스 가문이라면 그만한 힘은 있지. 하지만 내가 의아한 건 그게 아니다."

막시무스는 뭔가 미심쩍은 모양이다. 대진표야 과거에는 샤갈과 자신이 구미에 맞게 짜지 않았던가. 갈라파고스 가문에서 일부 수정한다고 해서 이상할 건 없었다.

막시무스가 궁금한 건 다른 부분이다.

"무엇이 궁금하신지요?"

"아무리 갈라파고스 가문이라고 해도 수많은 가문의 워리어스들을 모두 파악하는 건 불가능하다. 이제 콜로세움에 첫 출전하는 가문이 아닌가? 아무리 워리어스들의 실력이 높다고는 해도 다른 가문의 워리어스들을 미리 파악한다? 다른 가문도 마찬가지지만 우리 가문 역시 이번에 첫 출전하는 워리어스들이 있었다. 하지만 그들도 어김없이 당하지 않았는가?"

막시무스는 과연 갈라파고스 가문에서 모든 워리어스를 파악하고 있다는 게 믿기지 않았다. 아무리 워리어스들의 시합을 좋아한다고는 해도 그건 불가능했기 때문이다.

첫 출전하는 워리어스들에 대한 정보를 갈라파고스 가문에서 미리 알 수는 없었다.

그렇다면 상대의 약점을 파악하는 것도 불가능한 일이다.

"갈라파고스 가문의 힘만으로는 물론 한계가 있습니다. 더욱이 워리어스 양성과 관련해서는 이제 걸음마 단계가 아니겠습니까? 비잔티움에만도 수십 개나 되는 워리어스 양성가문의 정보를 모두 아는 건 불가능한 일입니다."

맥커리 총관도 갈라파고스 가문에서 그 정도의 능력은 없다고 보았다. 권력과는 또 다른 문제였다.

"그런데 어찌?"

"알 만한 곳이 있지 않습니까?"

"알 만한 곳?"

맥커리 총관은 이미 답이 떠오른 것 같지만 막시무스는 아직까지는 전혀 눈치채지 못했다.

"클라니우스 가문입니다. 클라니우스 가문이라면 비잔티움 내의 워리어스 양성가문은 물론 주변의 가문까지도 모조리 꿰뚫고 있지 않겠습니까? 우리가 그러하듯이 말입니다."

맥커리 총관은 샤갈을 지목했다. 대를 이어 워리어스 양성을 해온 클라니우스 가문이라면 워리어스와 관련한 정보력에 있어서는 최고라 해도 무방하다.

워리어스 양성도 중요하지만 맞붙게 될 상대에 대해 파악하는 것도 그만큼 중요했기 때문이다.

이는 오로도스 가문도 마찬가지다. 비잔티움 내는 물론 외곽의 양성가문까지도 모두 파악하고 있지 않은가.

갈라파고스 가문의 권력은 없다고 해도 워리어스에 대한 정보력만큼은 비할 바가 아니었다.

"그, 그럼 이 모든 게 샤갈 그놈 때문이라는 말인가?"

막시무스의 얼굴이 일그러졌다. 이번에 당한 수치스러운 패배가 샤갈 때문이라고 생각하자 속에서 뜨거운 것이 치밀었다.

"샤갈 가주가 아니라면 워리어스에 대한 그런 방대한 정보를 제공할 수 있는 인물은 없습니다."

맥커리 총관은 갈라파고스 가문의 뒤에 샤갈이 있다는 것을 확신했다.

"샤갈 이놈이! 감히 내 얼굴에 똥칠을 해?"

막시무스도 이제 사건의 전말이 머릿속에 그려졌다. 오로도스 가문에 치욕스러운 패배를 안겨준 건 갈라파고스 가문이 아니라 그 뒤에 있는 클라니우스 가문이라는 것을.

"클라니우스 가문은 처음부터 갈라파고스 가문을 우승시키기 위해 작정한 것 같습니다. 언제나 출전했던 시합인데도 불참하지 않았습니까?"

"아아. 내가 왜 그 생각을 못했는지 모르겠군. 그 여우같은 놈이 불참했을 때부터 뭔가 꿍꿍이가 있다는 걸 알아챘어야 했는데. 완전히 당해 버렸어."

막시무스는 이를 갈았다. 언제나 참가했던 시합에 나오지 않는 것부터가 수상한 일인데 전혀 생각지 못한 것이다. 그저 클라니우스 가문이 불참하니 이번 시합은 쉽게 우승하리라는 생각에 다른 건 생각조차 하지 못했다.

하지만 보기 좋게 뒤통수를 맞은 셈이다. 그것도 가장 치욕스러운 패배로.

"이대로라면 우리 가문에 큰 위기 상황을 초래할 것입니다. 클라니우스 가문에 이어 또 하나의 막강한 경쟁 가문이 생긴 것입니다. 아니, 클라니우스 가문보다 더 위험합니다. 갈라파고스 가문은 권력과 부를 가진 곳입니다. 이제 명예까지 움켜쥐려 하고 있습니다."

맥커리 총관은 갈라파고스 가문에 대해 무척 경계했다. 비록 워리어스 양성가문은 아니지만 그 어떤 가문보다 위협적인 곳이 아닌가. 권력으로도 견제할 수 없는 곳이고 맞상대하기엔 더더욱 어려운 곳이다.

클라니우스 가문으로 인해 만년 2등 가문으로 남아왔는데 이제는 그 자리마저 내줄 판이다.

"절대 안 된다! 대를 이어 콜로세움에서의 명예를 지켜오기 위해 싸워왔는데 이대로 모든 걸 빼앗기란 말인가?"

막시무스는 세차게 고개를 저었다. 클라니우스 가문에 이어 갈라파고스 가문에마저 밀린다면 오로도스 가문은 존폐의 위기에 몰릴 수도 있었다.

"클라니우스 가문에서 갈라파고스 가문을 돕는 이상 콜로세움에서의 승리는 이제 요원하게 되었습니다."

맥커리 총관은 두 가문이 붙어 있는 이상 오로도스 가문이 살아남을 길은 없다고 보았다.

"아무래도 뭔가 조치를 취해야겠군. 이렇게 죽느니 샤갈 그놈이라도 죽여야지."

막시무스는 극단적으로 생각이 미쳤다. 이대로 가문이 문을 닫는 걸 지켜볼 수는 없었다. 설령 그렇게 되더라도 샤갈이 잘되는 꼴은 절대 볼 수 없다.

오로도스 가문이 망한다면 클라니우스 가문 역시 망해야 조금이나마 위안이 될 것 같았다.

"가주님께서는 사셔야지요. 죽는 건 샤갈 가주 하나면 되지 않겠습니까? 덤으로 갈라파고스 가문의 기세를 조금이나마 위축시킨다면 더할 것이 없겠지요."

맥커리는 오로도스 가문이 살아남을 수 있는 방안을 떠올렸다.

"무슨 방법이라도 있는가?"

막시무스의 표정이 밝아졌다.

"지금 비잔티움에서 갈라파고스 가문을 견제할 수 있는 분은 한 분뿐입니다."

"참사관 시리우스!"

맥커리 총관의 물음에 막시무스는 곧바로 하나의 이름을 떠올렸다. 현재 비잔티움에서 가장 힘있는 인물. 시리우스라면 갈라파고스 가문의 눈치를 보지 않는 유일한 인물이라 할 수 있었다.

"바로 그렇습니다. 갈라파고스 가문에 대해서도 때에 따라서는 큰소리를 칠 수 있는 분이지요."

"그렇긴 하지만 콜로세움에서 패한 내가 무슨 빌미로 참사관을 찾아가겠는가? 얼굴도 못 들 지경인데."

막시무스는 곧바로 시무룩해졌다. 콜로세움에서의 패배가 꽤나 상처가 된 듯했다. 워리어스 간의 싸움에서 패한 이상 그걸 빌미로 무언가를 부탁할 염치는 없었던 것이다.

"콜로세움에 서는 게 이번만은 아니지 않습니까? 그리고 굳이 지난 승부를 들먹일 필요는 없겠지요."

"자네가 무슨 소리를 하는지 모르겠군."

막시무스는 맥커리 총관이 제시하려는 방법이 무엇인지 전혀 감도 잡지 못했다.

"중요한 건 클라니우스 가문을 갈라파고스 가문에서 떼어 놓는 게 아니겠습니까?"

"그야 그렇지만 무슨 수로?"

"클라니우스 가문에서 제공할 수 있는 건 가주님께서도 제공하실 수가 있습니다."

맥커리 총관의 입꼬리가 살짝 올라갔다.

"그야 그렇지만 테세우스님께서는 이미 샤갈 가주를 선택한 것 같으니 하는 말이 아닌가?"

"갈라파고스 가문에서 샤갈 가주를 얼마나 중요하게 여기겠습니까? 지금이야 필요한 게 있으니 잘해주는 것뿐이지요."

맥커리는 테세우스와 샤갈의 관계를 그다지 신뢰하지 않았다. 그 둘은 필요에 의해 잠시 어울릴 뿐이지 의리를 지킬 만큼 깊은 관계는 아니기 때문이다.

샤갈은 갈라파고스 가문에 모든 걸 주면서까지 의지하려 하지만 갈라파고스 가문의 입장에서는 샤갈 하나쯤 있어도 없어도 그만이 아닌가. 당장 필요하니 곁에 두는 것일 뿐 일정한 계기만 있다면 언제든 내칠 수 있다고 판단한 것이다.

"그럼 나 역시 마찬가지 아닌가?"

"우선은 클라니우스 가문을 떼어놓아야 합니다. 그 후에 갈라파고스 가문이 나서지 못하도록 족쇄를 채울 방법을 강구해야지요."

맥커리 총관은 가장 우선적인 목표를 정했다. 갈라파고스 가문을 떨어뜨려 놓는 것만으로도 목표의 반은 달성한 셈이다.

"그렇게 될 수만 있다면 좋겠지만 딱히 방법이 없으니 원."

막시무스는 아쉬운지 입맛을 다셨다. 맥커리 총관의 말대로만 된다면 원이 없겠지만 쉽지 않은 일이다.

"사실 방법이 아주 없는 것은 아닙니다."

"말해보게. 무슨 수가 있는지."

"둘 사이를 갈라놓는 건 로비우스가 될 것입니다."

맥커리 총관은 전혀 엉뚱한 인물을 지목했다.

"로비우스? 노예상인 로비우스 말인가?"

"그렇습니다."

막시무스의 고개가 갸웃했다. 너무도 뜬금없는 이름이 나

온 것이다. 갈라파고스 가문과 클라니우스 가문을 떼어놓는
데 노예상인 로비우스가 과연 무슨 역할을 할지 도통 이해할
수가 없었다.

"그자가 어떻게?"

"로비우스의 팔을 잘랐던 샤막이 있지 않습니까?"

"그거야 이미 지난 일이고 전에도 한 번 실패하지 않았
나?"

막시무스는 뭔가 기대했다가는 이내 실망했다. 맥커리
총관의 의견대로 샤막을 제거하기 위해 앞장섰지만 결과
를 얻기는커녕 오히려 샤갈과의 감정만 틀어지지 않았던
가.

더욱이 로비우스에 대한 이미지도 좋지 않은 마당에 그와
또다시 손을 잡는 건 내키지 않았다.

"며칠 전 재미있는 정보를 하나 얻었습니다."

"정보?"

"로비우스가 샤막의 여인을 데리고 있었나 봅니다. 그것도
매음굴에 처박아서 온갖 고통을 줬다고 합니다."

맥커리 총관은 줄리아에 대한 이야기를 했다. 지난번 일 때
문인지 로비우스의 주변을 조사한 듯하다. 맥커리 총관은 제
법 자세하게 파악하고 있었다.

"하여간 인간 말종 짓은 다 하는군. 그런 놈과 엮어서 좋을

게 없는데 말이야."

맥커리 총관의 이야기에 막시무스의 얼굴이 절로 구겨졌다. 아무리 필요에 따라 이용한다고는 해도 로비우스와는 체질적으로 맞지 않는 듯했다.

"그 여인이 사라졌다고 합니다."

"사라져?"

"누군가 빼갔다고 합니다."

"설마 샤막이?"

막시무스의 얼굴이 굳어졌다. 샤막이 범인이라면 샤갈 역시 관련되었다고 볼 수 있었다. 만일 그렇다면 이건 커다란 문제였다. 워리어스 양성가문은 어떤 경우에도 워리어스를 사적으로 이용해서는 안 된다는 법이 존재했고 무척이나 엄했다.

만일 샤갈이 샤막을 시켜 일을 벌인 것이라면 그는 워리어스를 이용해 시민의 재산을 강탈한 셈이다. 그것만으로도 클라니우스 가문은 문을 닫아야 한다.

이후로도 워리어스와 관련된 일에는 절대 손대지 못하는 게 워리어스 양성가문이 지켜야 하는 엄중한 법이었다.

"그럴 리가 있겠습니까? 샤막은 클라니우스 가문의 워리어스인데 어찌 밖으로 나오겠습니까?"

“그럼 대체 누가······.”

샤막이 아니라는 말에 막시무스의 생각은 멈췄다. 샤막처럼 직접 관련이 있는 자가 아니고서야 아무리 인간 말종이라고 해도 비잔티움에서 건드릴 사람이 없는 로비우스와 맞설 만한 인물을 떠올리는 건 쉽지 않은 일이다.

“후후. 누군지는 중요하지가 않습니다. 그걸 이용해야지요.”

맥커리 총관은 웃음 지었다.

“이용이라······. 아직도 난 모르겠군.”

막시무스는 여전히 맥커리 총관이 의도하는 바를 알지 못했다. 과연 그 사건이 어떻게 도움이 되는지도.

“감히 비잔티움에서 로비우스를 물 먹일 수 있는 자가 누가 있겠습니까? 그런 힘이 있는 자들은 이미 로비우스가 구워 삶아 놨습니다. 우리가 떠올릴 수 있는 사람은 없다고 보는 게 맞습니다.”

“나도 궁금하군. 과연 우리가 모르는 자 중에서 그런 일을 할 수 있는 자들이 누구인지.”

막시무스도 로비우스에 맞설 만한 자가 누구인지 무척이나 알고 싶었다. 한편으로는 박수라도 쳐 주고 싶었지만 지금은 그런 감정에 휘둘릴 때가 아니다.

이번 일을 어떻게 자신에게 유리하게 만들지가 중요했다.

"로비우스는 물론 귀족원 의장이나 시장의 눈치까지도 안 보는 자들이라면 답이 되겠습니까?"

"그런 자들이라… 난 도무지… 허억!"

맥커리가 한두 마디 힌트를 주자 막시무스의 머릿속에 떠오르는 이름이 있었다. 막시무스는 절로 헛바람을 삼켰다.

"이제야 감을 잡으셨군요. 가주님."

"레지스탕스!"

금기시되는 이름. 레지스탕스는 수백 년을 이어오는 저항 세력으로, 수도에서는 그들을 찾기 위해 혈안이 되어 있었다. 또한 레지스탕스와 관련이 되는 순간 그 누가 되었든, 아무리 지위가 높든 하루아침에 풍비박산이 난다는 건 모두가 아는 사실이다.

"레지스탕스가 관련되었는지는 중요하지가 않습니다. 다만 관련된 것처럼 주장할 수는 있겠지요. 그리고 레지스탕스에서 그 여인을 빼돌렸다면 이유는 하나뿐입니다."

"샤막!"

"그렇습니다. 이 정도면 참사관께 찾아갈 만한 충분한 이유가 되지 않겠습니까?"

맥커리 총관은 교묘하게 레지스탕스와 샤막을 연결 지었다. 결국 클라니우스 가문을 엮은 셈이다.

　마침 참사관이 와 있으니 수도에 보고해 조사단이 파견 나오는 시간도 절약할 수 있다. 잘만 하면 클라니우스 가문을 완전히 몰락하게 만들 수도 있는 사건이었다.

　"으음. 그렇게 엮을 수만 있다면 더할 나위 없겠지만 좀 억지스럽지 않을까?"

　막시무스의 표정은 묘하게 변했다. 마음 같아서야 당장 달려가고 싶지만 줄리아와 레지스탕스를 엮는 것은 물론 클라니우스 가문까지 엮는 건 무리해 보인 탓이다.

　"제가 알아본 바로는 한 가지가 더 있었습니다."

　"그게 뭔가?"

　"클라니우스 가문의 노예가 샤막의 여인의 행방을 수소문했다고 하더군요. 그 후에 벌어진 일이니 마음만 먹으면 충분히 끼워 맞출 수 있을 것입니다."

　맥커리 총관은 아낙수나문이 줄리아의 행방을 수소문했던 사실까지도 이미 알아낸 듯했다. 겉으로 드러난 것만 잘 조합하면 원하는 방향으로 이야기를 만들어가는 것도 그리 어려운 일은 아니다.

　"뭔가 냄새가 나는군. 아니, 그건 중요하지 않아. 자네 말대로 참사관을 움직일 수 있겠어."

　막시무스도 아낙수나문까지 관련되자 마음이 기울었다. 성과에 목이 말라 있는 참사관에게 던져 줄 미끼로는 제격인 셈이다. 사실관계를 따지는 건 참사관의 몫이지 자신이 고민할 문제는 아니었다.

"레지스탕스와 관련되었다면 갈라파고스 가문에서도 샤갈 가주를 비호하지는 못할 것입니다. 오히려 의심을 받지 않기 위해서라도 클라니우스 가문을 쳐내겠지요."

맥커리 총관은 이번 사건으로 갈라파고스 가문과 샤갈과의 관계를 확실히 갈라놓을 수 있다고 자신했다.

"자세히 말해보게. 로비우스의 일과 클라니우스 가문의 노예에 대해서."

"예. 가주님."

막시무스도 가능성이 있다고 판단되자 구체적인 논의에 들어갔다.

CHAPTER
02

추잡한 과거

시청 참사관실.

참사관실은 언제나 조용할 날이 없었다. 참사관이 온 지도 두 달이 넘어가는데 레지스탕스와 관련해서는 전혀 진척이 없었기 때문이다. 시리우스는 경비대장과 기사단장을 닦달해 보지만 결과는 언제나처럼 허사였다.

"벌써 두 달이 넘었는데 아직도 단서를 못 찾았나?"

"그게……."

경비대장 그란투스는 잔뜩 위축되어서는 눈치만 살폈다.

콰아아앙!

"이따위로 할 거야?"

참다못한 시리우스는 테이블을 내려치며 소리쳤다. 언제나 반복되는 레퍼토리다.

"죄송합니다. 당시 콜로세움 입구를 담당했던 병사들을 모조리 잡아들여 심문하고 있지만 전혀 정보가……."

그란투스는 기겁을 해서는 이런저런 변명을 해보지만 아무런 성과가 없다는 걸 길게 말할 뿐이다.

"전부 참수시키도록!"

"예?"

시리우스의 차가운 한마디에 그란투스는 잘못 들은 게 아닌가 싶어 물끄러미 바라보았다.

"못 알아듣나? 입구를 담당했던 병사 모두 참수시키라고!"

시리우스는 성난 표정으로 소리쳤다.

"그건 너무 과한 처사가……."

그란투스는 황당한 명령에 그저 홧김에 하는 소린지 진심인지 갈피를 잡지 못했다.

"네놈 목이 잘려야 정신을 차리겠느냐?"

시리우스의 매서운 눈빛이 그란투스를 향했다.

"히익! 당장 참수시키도록 하겠습니다!"

그란투스는 그제서야 시리우스가 진심이라는 걸 깨닫고는 질겁을 했다. 시리우스의 성품이라면 충분히 자신을 참수시키고도 남으리라는 걸 알기 때문이다.

"네놈들 때문에 내가 지금 어떤 입장인지 아느냐? 군대까지 거느리고 왔는데 단 한 놈도 못 잡다니, 내 얼굴에 똥칠을 한 셈이다. 가뜩이나 위에서는 레지스탕스 때문에 신경 쓰고 있는데 내가 빈손으로 돌아간다면 어찌 되겠느냐?"

시리우스는 자신이 얼마나 급한 상황인지 구구절절 이야기했다. 시리우스의 입장에서도 이대로 돌아간다면 자리가 위태로웠다. 정적들의 공격으로 참사관 자리에서 물러나는 건 물론 앞으로의 정계 진출까지도 완전히 막혀 버릴 수도 있었던 것이다.

그만큼 이곳에서의 성과는 시리우스의 남은 인생을 좌우하게 될 만큼 중요했다.

"눈 밖에 나시겠지요."

그란투스는 기어들어 가는 목소리로 말했다.

"그전에 네놈 목이 달아나겠지."

"반드시 레지스탕스 놈들을 잡아들이겠습니다."

시리우스의 차가운 목소리에 그란투스는 잔뜩 기압이 들어가서는 외쳤다.

"어떻게?"

"그것이……."

그란투스는 다시금 말문이 막혔다.

똑똑.

"참사관님! 시장님께서 뵙고자 하십니다."

이때 그란투스를 구원해 주는 목소리가 들려왔다.

"시장이? 접객실로 모시고… 아니다, 여기로 모셔라!"

"예."

시리우스는 귀찮은 투로 소리쳤다. 시장이라는 자가 매일 밤 환락에 빠져 노는 것만 좋아했지 전혀 도움이 되지 않은 탓이다. 시리우스 역시 한동안은 그렇게 즐기며 지내왔지만 수도로 돌아갈 날이 다가옴에 따라 이제는 마음이 급해지고 있었다.

"참사관! 이거 바쁜데 방해를 한 게 아닌가 모르겠네."

잠시 후 능글맞은 표정의 아르메니우스 시장이 들어왔다.

"방해라니요? 어서 오시지요."

"참사관님을 뵙습니다."

아르메니우스 옆에는 노예상인 로비우스가 함께였다.

"자네는?"

시리우스의 표정이 살짝 찌푸려졌다.

“로비우스라고 합니다요.”

“몇 번 보지 않았나? 내 말은 왜 자네가 여기 있느냐는 것이지. 내게 용무라도 있다는 건가?”

시리우스는 로비우스가 별로 탐탁지 않았는지 꽤나 공격적으로 대했다.

“참사관님께 작으나마 도움을 드리고자 찾아왔습죠.”

로비우스는 비굴한 표정으로 웃음 지으며 말했다.

“파티라면 굳이 이 시간에 오지 않아도 될텐 데? 자네가 직접 올 필요도 없고.”

시리우스는 여전히 냉소적이다. 로비우스가 주최한 파티를 아르메니우스 시장과 함께 여러 차례 즐긴 적은 있지만 그건 어디까지나 은밀하게 이루어졌다.

이렇게 공개적으로 찾아온다는 건 시리우스에게는 불쾌한 일이다.

“내가 함께 오자고 했네. 아무래도 자네가 직접 들어야 할 것 같아서.”

아르메니우스가 나서며 사정을 설명했다.

“무슨 일인지는 모르겠지만 일단 앉으시지요. 자네는 나가서 내가 시킨 대로 처리하고.”

“예. 참사관님.”

시리우스는 일단 사정을 들어보기로 했다. 그란투스는 구세주라도 만난 양 안도하는 표정으로 얼른 나가려 했다. 하지만 그러한 바람은 이루어지지 않았다.

"경비대장도 함께하지."

"제가 말입니까?"

시장의 말에 그란투스의 얼굴이 굳어졌다. 시리우스에게서 벗어나고자 했던 바람은 여지없이 무너져 내렸다.

"시장님 뜻이니 일단 앉지."

"예. 그럼."

그란투스는 똥 씹은 표정으로 하는 수 없이 자리에 앉았다.

"무슨 일입니까? 보아하니 뭔가 일이 있는 것 같기는 한데. 로비우스와도 관련이 있는 일입니까?"

"자네가 요즘 꽤나 예민하다는 걸 알고 있네. 이제 돌아갈 날이 다 되어가는데 아무런 성과가 없으니 그럴 수밖에."

아르메니우스는 시리우스의 사정을 잘 알고 있었다. 말은 부드럽게 하지만 보기에 따라서는 비꼬는 걸로 볼 수도 있었다.

"크흠. 아직 시간은 충분합니다."

시작부터 자존심을 건드리자 시리우스는 심기가 상했지만 애써 내색하지 않았다.

"레지스탕스에 대한 단서는 있는가?"

　"워낙 쥐새끼 같은 놈들이라서 쉽지가 않군요. 당시 경비를 서던 병사들도 아는 게 없습니다."

　뻔히 아는 사실을 묻는 게 시리우스로서는 그리 탐탁지 않았다. 이곳에서 벌어지고 있는 일들을 아르메니우스가 모를 리가 없었기 때문이다. 굳이 자신에게 확인할 필요는 없는 것이다.

　"그럴 것이네. 그자들이야 워낙 오랜 시간 숨어사는데 익숙한 자들이 아닌가?"

　"그런데 레지스탕스에 대한 이야기를 꺼내는 이유가 무엇입니까? 나를 놀리려는 건 아닐 텐데요."

　시리우스의 말투는 꽤나 전투적이었다.. 예민한 탓도 있지만 시장의 의도가 그리 좋아 보이지 않았기 때문이다.

　"내가 자네를 놀리다니? 말도 안 되는 일이지. 난 그저 작은 도움을 주고자 왔다네."

　"작은 도움이라……. 궁금하군요."

　시리우스의 표정은 별로 탐탁지 않아 보였다. 경비대를 족친 지 한 달이 넘었는데도 아무런 단서도 얻지 못했는데 시장이라고 해서 뭔가 아는 게 있으리라는 기대는 하지 않았다.

　"자네가 말하게."

아르메니우스는 로비우스에게 기회를 주었다.

"예. 그럼 한 말씀 드립죠. 제가 며칠 전에 어떤 일을 당했습죠. 제가 데리고 있던 년이 있는데, 글쎄……."

로비우스는 줄리아에게 있었던 일들을 이야기하기 시작했다. 이야기를 듣는 내내 시리우스의 얼굴은 그야말로 똥 씹은 표정이었다. 아르메니우스만 아니었다면 당장 로비우스의 면상을 후려쳐도 백 번은 후려쳤을 것이다.

가뜩이나 마음이 급한데 매음굴에서 있었던 일들이나 듣고 있는 게 얼마나 기가 찰 노릇인가.

"지금 그 이야기를 하려고 온 것이냐? 네놈이 좀 봐줬더니 아예 겁을 상실했구나. 같이 술잔 좀 기울여 주니까 내가 우습게 보인 모양이구나."

로비우스의 이야기가 끝나자 시리우스는 결국 화를 참지 못하고 터뜨렸다. 참사관이라는 자리가 창부로 일하던 노예 계집을 찾아주는 자리던가.

시리우스의 자존심이 완전히 구겨지는 순간이었다. 시리우스는 당장에라도 로비우스의 목을 베어버릴 기세였다.

"오, 오해십니다요."

로비우스는 당황해서는 어쩔 줄을 몰라 했다.

"네깟 놈이 데리고 있던 년을 빼앗아갔다고 지금 레지

스탕스를 팔아서 나를 이용하겠다? 당장 그 모가지부터
잘라줘야 네놈 주제를 알겠느냐? 이런 버러지 같은 새끼
가!"

시리우스는 얼마나 화가 났는지 아르메니우스 시장 앞임
에도 쌍욕은 물론 길길이 화를 냈다.

"그게 아닙니다요. 저도 처음엔 단순히 술에 취한 패거리
가 데려간 줄 알았습니다요. 하지만 아니었습죠."

"술취한 패거리든 아니든 그게 중요하더냐?"

로비우스는 어떻게든 당시의 상황을 이야기하려 했지만
이미 시리우스의 귀에는 들어오지 않았다.

"참사관님의 입장에서야 제가 별것 아니겠지만 그래도 비
잔티움에선 감히 제게 맞설 상대는 없습니다요. 그런데 고작
계집 하나 때문에 그런 일을 벌이겠습니까요?"

로비우스는 흥분해서 날뛰는 시리우스 앞에서 끝까지 자
신의 이야기를 이어갔다. 아르메니우스가 옆에 있었기에 용
기를 낸 것이다.

"그래서 네놈은 레지스탕스에서 계집을 데려갔다?"

"그렇습니다요."

"어디 그 이유나 들어보자. 만일 헛소리일 경우 네놈을 절
대로 곱게 보내지 않겠다. 그래도 계속할 테냐?"

끝까지 자신의 주장을 굽히지 않자 시리우스는 으름장을

놓았다. 아무리 아르메니우스 시장이 데려왔다고는 해도 이
번만큼은 용서하지 않을 생각이었다.

힐끔.

끄덕.

시리우스가 너무 강하게 나오자 로비우스는 아르메니우스
를 슬쩍 보았다. 아르메니우스는 고개를 끄덕이며 계속하라
는 신호를 주었다.

"물론입니다요. 저는 확신합니다요. 제 말이 사실이 아니
라면 어떤 벌이라도 받겠습니다요."

로비우스는 자신있게 말했다.

"좋다. 네놈 입으로 뱉은 말이니 반드시 책임을 져야 할 것
이다. 말해보거라."

로비우스가 제법 강단있게 나오자 시리우스도 일단은 사
정을 들어보기로 했다. 들어본 연후에 성에 차지 않으면 톡톡
히 뜨거운 맛을 보여줄 생각이었다.

"제가 데리고 있는 아이가 있습죠. 미친개라고 하면 환락
의 거리에서는 누구나 피해갈 정도로 독종에다가 실력도 제
법 됩니다요. 타고난 싸움꾼인지라 제대로 투술을 배운 적도
없는데 상대가 없습니다요. 웬만한 기사 정도는 아주 찜 쪄
먹을 수준입니다요."

로비우스는 매음굴의 관리를 맡았던 미친개에 대해 열변

을 늘어놓기 시작했다.

"그런데?"

하지만 시리우스의 반응은 시큰둥했다. 제아무리 뒷골목에서 날고 긴다고 해도 정예 기사들에 비하면 어린아이 수준이나 다름없었기 때문이다.

그걸 무척 대단한 것처럼 말하는 로비우스가 그저 한심해 보일 뿐이었다.

"그놈이 단 한 방에 골로 갔습죠. 완전 폐인이 됐습니요."

"폐인이?"

시리우스의 표정이 살짝 변했다. 싸우다 폐인이 되는 경우는 종종 있겠지만 취객과 싸우는데 단 한 방에 폐인이 된다는 건 쉽사리 믿기 어려운 일이다.

"술에 취해 몸도 못 가누고 혀까지 꼬부라진 놈들이 단 한 방에 갈비를 네 대나 작살낸 것도 모자라 손목과 발목을 짓이겨 아주 병신을 만들었습죠."

"싸우다 보면 그럴 수도 있겠지."

로비우스는 입에 거품을 물며 당시의 상황을 본 것처럼 이야기했지만 시리우스의 반응은 다시금 시큰둥해졌다. 상대가 셋이었고 또 재수없게 한 방이 제대로 들어갔다면 그다음부터야 일방적인 싸움으로 흘러간다는 건 당연한 수순이 아닌가.

"제가 여러 사람을 통해 알아봤습니다요. 마나를 제대로 사용하는 자가 아니라면 그 정도의 타격을 줄 수가 없다고 합니다요."

"마나를 사용하는 자들이라고 매음굴에 가지 말라는 법은 없겠지. 고작 그 이유로 레지스탕스를 들먹였더냐?"

시리우스는 로비우스가 근거라고 주장하는 부분들에 대해서는 별다른 의미를 두지 않았다. 세상에 마나를 사용하는 자가 어디 한둘이랴. 현역 기사들일 수도 있고 상단의 호위기사들이나 용병일 가능성도 있다. 단지 마나를 사용했다고 해서 레지스탕스와 관련지을 수는 없는 것이다.

"그년의 과거 남자 때문입니다요."

"과거 남자?"

"샤막! 제 팔을 자른 놈입죠."

로비우스의 표정이 험상궂게 변했다. 샤막에 대한 이야기를 할 때면 아직도 잘려 나간 팔이 욱신거렸다. 이미 팔이 없는데도 마치 있는 것처럼 고통이 느껴지는 것이다.

"샤막이라! 나도 들은 기억이 나는군. 네놈의 팔을 자르고 지금은 클라니우스 가문의 워리어스가 되었다고 들었는데?"

시리우스도 샤막에 대해서는 알고 있었다. 샤막과 로비우스의 사연은 비잔티움에서는 모르는 사람이 거의 없었기 때문이다.

"맞습니다요. 바로 그놈이 그년의 사내입죠."

로비우스의 눈에서는 살기마저 번뜩였다.

"그러니까 샤막이라는 놈과 그 계집이 레지스탕스와 어떤 관련이 있다는 말이냐?"

"그년을 빼가기 며칠 전 그년의 행방을 수소문하던 노예계집이 있었습니다. 그 후에 그런 일이 벌어졌습죠. 그년은 가족도 없고 피붙이도 없습니다요. 누가 그년을 돕겠습니까요?"

"이거 참."

로비우스는 레지스탕스와의 관련성에 대해서 열심히 떠들었지만 시리우스는 기가 찰 뿐이다. 로비우스의 말 중에 레지스탕스와의 관련성을 특정 지을 만한 단서는 하나도 없었기 때문이다.

"참사관! 나도 수상하게 생각돼서 이렇게 같이 온 것이네. 지금은 아무런 단서도 없지 않은가? 조사해 봐서 나쁠 것은 없다고 보네만."

아르메니우스 시장도 나서며 로비우스의 말을 거들었다.

"만일 그년에게 반한 놈팽이들 소행이라면 어쩌시겠습니까? 내 체면이 밑바닥까지 떨어질 텐데 책임지시겠습니까?"

시리우스는 잔뜩 상기된 표정으로 따져 물었다. 아무리 시장이라고 해도 이건 너무 과한 요구가 아닌가. 만일 레지스탕스와 관련이 없다면 군대를 몰고 온 참사관이 고작 노예상인에 휘둘렸다는 오명을 씻을 수 없게 된다.

시리우스의 입장에서는 아무런 성과도 거두지 못하고 돌아가는 것보다 더한 상황에 몰리게 될 것이다.

"자네를 위해서라면 내가 할 수 있는 일이 있겠지. 나도 수도에 연줄이 있다네. 자네에게 해가 되지 않도록 힘을 써보겠네."

아르메니우스는 시리우스가 이번 일에 나서게 하기 위해 적극적이었다. 시리우스가 무엇을 걱정하는지 잘 아는 만큼 그가 원하는 대가를 제공한다면 원하는 방향으로 가져갈 수 있었다.

"으음."

시리우스는 생각에 잠겼다. 지금 가장 궁지에 몰린 건 자신이 아닌가. 어떻게든 성과를 얻어야 할 필요성은 두말할 나위도 없다. 빈손으로 돌아간다면 어차피 자신의 야망은 끝이었기 때문이다.

아르메니우스가 적극적으로 도와준다면 큰 힘은 되지 못해도 변명거리는 만들 수 있다. 과연 무엇이 유리한지 시리우스는 곰곰이 생각하고 또 생각했다.

"그년을 빼간 건 레지스탕스가 틀림없습니다요. 어쩌면 샤막 그놈이 레지스탕스와 관련이 있을지도 모릅죠."

로비우스는 레지스탕스와 관련되었다고 확신하는 듯했다. 레지스탕스가 아니라면 자신의 구역에서 그런 대담한 짓을 벌일 만한 자들이 없기 때문이다.

"계집을 수소문했다던 노예에 대해서는 아는 게 있느냐?"

"클라니우스 가문의 노예계집입니다요."

"클라니우스 가문의?"

시리우스의 표정이 변했다. 지금까지는 그저 클라니우스 가문을 모함해 이득을 취하려는 것으로만 생각했는데 뭔가 느낌이 온 것이다. 이번 일은 클라니우스 가문과 너무나 많은 관련이 있었다.

아니, 모든 원인과 과정이 클라니우스 가문으로 연결되고 있다.

"그렇습니다요. 그 때문에 저도 의심하게 된 것입니다요."

"으음. 클라니우스 가문에서 계집에 대해 수소문한 건 좀

이상하군. 샤갈 그자가 노예를 위해서 그런 일을 해줄 인물은
아닐 텐데."

시리우스도 차츰 생각이 기울기 시작했다. 그저 계집 하나
없어진 것이라면 몰라도 그전에 클라니우스 가문의 노예가
관련된 것이 마음에 걸렸다.

샤갈이라는 인물에 대해서는 몇 번 만나지 않았어도 충분
히 파악할 수 있었다. 절대로 남을 위해, 그것도 노예를 위해
뭔가를 해줄 인물은 아닌 것이다.

"분명 뭔가 있습니다요. 샤막 그놈이 관련되었든, 아니면
클라니우스 가문이 관련되었든."

로비우스는 시리우스가 결정을 내려주기를 바랐다. 샤막
으로 인해 클라니우스 가문에 안 좋은 감정을 가지고 있는 만
큼 모든 게 그쪽으로 생각되는 모양이다.

"고작 노예 하나 때문에 클라니우스 가문을 조사한다는 건
아무래도 부담인데……."

시리우스는 고민에 빠졌다. 설령 클라니우스 가문이 수
상하다고 해도 쉽게 결정하기엔 어려움이 따랐다. 샤갈이
직접 관련된 증거가 있다면 몰라도 노예 하나 때문에 공
개적으로 수사를 하는 건 정치적인 부담이 따르기 때문이
다.

비록 워리어스 양성가문이지만 클라니우스 가문은 힘있

는 자들을 많이 알고 있었고 시민들의 열렬한 지지를 받고 있다. 게다가 갈라파고스 가문과도 꽤나 친하게 오간다는 걸 아는 만큼 섣불리 건드리기에는 역풍을 맞을 수도 있었던 것이다.

"지난번 피의 제전 때의 일을 떠올려 보게. 분명 워리어스 양성가문 중 하나와 관련이 있다고 하지 않았는가?"

"그렇습니다. 그때 참가했던 가문 중 하나가 레지스탕스를 도운 건 틀림없습니다."

"그게 클라니우스 가문이 아니라는 보장도 없지 않은가? 뭐, 직접 관련은 없다고 해도 그곳에 속한 누군가는 관련되어 있을지도 모르지. 아니 그런가?"

아르메니우스는 시리우스가 결단을 내릴 수 있도록 계속해서 바람을 잡았다. 시리우스가 생각하는 단서는 워리어스 가문 중 한 곳이 레지스탕스와 관련이 있다는 것이다.

워리어스 양성가문이라면 그 어느 곳도 혐의를 벗어날 수는 없다. 클라니우스 가문 역시도.

"클라니우스 가문이라……. 설마……."

계속해서 바람을 잡은 탓인지 시리우스의 마음에도 클라니우스 가문이 점차 강하게 자리 잡기 시작했다.

"샤갈이 직접 관련되었는지는 모르겠지만 분명 관련자가

나올 걸세. 이번 일은 뭔가 탐탁지가 않네."

아르메니우스는 한 발 물러서며 시리우스의 결정을 촉구했다. 굳이 샤갈을 직접 엮지 못한다고 해도 클라니우스 가문의 누구라도 관련된 걸 밝혀낸다면 샤갈 역시 그 책임을 면하기는 어려웠기 때문이다.

굳이 샤갈을 직접 겨냥할 이유는 없는 것이다.

"샤갈 그자가 요즘 갈라파고스 가문과 꽤나 가깝게 지내고 있습니다. 갈라파고스 가문과 부딪치는 건 나로서도 부담입니다."

시리우스는 테세우스가 마음에 걸렸다. 비록 직책상 테세우스의 눈치를 보지는 않아도 작위로 보나 영향력으로 보나 그를 무시할 입장은 아니었다.

무엇보다 허탕을 쳤을 경우 받아야 할 비난은 물론 테세우스가 걸고 넘어간다면 시리우스로서는 꼼짝없이 당할 수밖에 없다. 갈라파고스 가문의 영향력은 아직도 수도에서 어느 정도 통하기 때문이다.

"자넨 참사관이 아닌가? 레지스탕스와 관련해서는 비잔티움에서 그 누구도 자네의 명을 거역하지 못하네. 나조차도. 아니 그런가?"

"일단은 그 노예부터 조사해 봐야겠군요. 노예 하나 내주는 것이야 샤갈에게도 어려운 일은 아닐 테니까."

아르메니우스가 힘을 실어주자 시리우스도 일단은 나서보기로 했다. 샤갈을 직접 겨냥하기보다는 노예를 시작으로 그 주변부터 하나하나 조사해 나갈 생각이었다.

"분명 레지스탕스와 관련이 있을 것이네. 그게 아니라 해도 샤갈 그자를 건드리게 되면 갈라파고스 가문의 기세를 조금은 꺾을 수 있지 않겠는가?"

시리우스가 결정을 내리자 아르메니우스의 속내가 살짝 드러났다. 그에게 레지스탕스와의 관련 여부는 처음부터 중요한 게 아니었다.

"시장님께서는 갈라파고스 가문이 신경 쓰이는 모양이군요."

"커험. 아니라고는 못하겠네."

시리우스의 물음에 아르메니우스는 부정하지 않았다. 꽤나 불편한 심기를 드러내는 게 그다지 좋은 감정은 아닌 듯하다.

"하긴. 다음 시장자리를 위협하고 있는 타우렌님과 갈라파고스 가문의 테세우스님이 꽤나 친한 사이지요."

시리우스는 아르메니우스 시장이 왜 이런 태도를 보이는지 잘 알고 있었다. 내년에 있을 시장선거. 그리고 자신의 자리를 위협할 만큼 시민들의 지지를 받고 있는 타우렌 의원. 타우렌 의원이 시장 자리를 넘볼 만큼 성장한 것은 갈라파고스 가문의 지원이 있었기 때문이라는 걸 비잔티움에서 모르는 사람은 없었다.

"커허험. 이건 알아두시게. 테세우스님은 자네에게 어떤 도움도 주지 않겠지만 나는 자네가 원한다면 어떤 도움이라도 줄 준비가 되어 있다는 것을."

아르메니우스는 테세우스와의 차이를 분명히 했다. 적어도 시리우스에게는 누가 더 이익이 되는지를.

"훗. 나야 조만간 떠날 몸입니다."

시리우스는 피식 웃으며 여유를 보였다. 비잔티움에서의 권력다툼이야 자신과 무슨 상관이 있겠는가.

"성과 없이 떠난다면 자네의 자리도 위태롭겠지. 내 말이 틀렸는가?"

"크흠. 진짜 관련이 있다고 생각하십니까? 그저 갈라파고스 가문을 견제하기 위한 것뿐이라면 장차 어떤 도움을 줄 수 있다고 해도 난 움직일 수 없습니다. 만일 아무런 관련이 없다는 것이 드러나게 되면 성과없이 돌아가는 것보다 더 큰 손해를 보게 될 테니까요. 갈라파고스 가문을 적으로 돌릴 모험을 하고 싶지는 않군요."

아르메니우스가 정곡을 찌르자 시리우스의 여유도 사라졌다. 하지만 갈라파고스 가문에 대한 부담은 여전했다. 갈라파고스 가문이 작정하고 클라니우스 가문을 변호해 준다면 곤란했기 때문이다.

"내가 무엇을 해주면 되겠는가?"

"아까도 말했지만 레지스탕스를 소탕하지 못하고 돌아간다면 내 자리가 꽤나 위험할 겁니다. 내게는 성과가 필요하지요."

시리우스는 부차적으로 권력다툼이 되는 건 신경 쓰지 않았다. 다만 어떻게든 레지스탕스와 관련되었다는 확증이 필요했다. 적어도 수도에 자신있게 보고할 만한 그런 확증이다.

"레지스탕스를 대령합죠."

이때 로비우스가 자신있게 대답했다.

"네놈 따위가?"

시리우스의.얼굴이 사납게 변했다.

"성과가 필요한 게 아닙니까요? 제가 이래 봬도 사람장사하는 놈입죠. 레지스탕스 백여 명은 바치겠습니다요."

로비우스는 굴하지 않고 말했다. 정말 그만한 능력이 있는지 꽤나 자신만만한 모습이다.

"네놈이? 레지스탕스가 어디 있는지 알고?"

시리우스도 살짝 당황했다. 두 달이 넘게 허탕을 쳤는데 한낱 노예상인이 이렇게 자신하지 않는가.

"성과가 중요한 게 아닙니까요? 이미 죽은 놈들을 심문할 수도 없으니 문제될 건 없지 않겠습니까요?"

로비우스는 자신의 명성다운 방법을 제안했다. 레지스탕스라 주장할 수 있는 시체들을 바치겠다는 의미다.

짜아악.

"오호라! 그거 묘책이로구먼."

아르메니우스는 무릎을 치며 탄성을 냈다.

"으음."

시리우스는 절로 신음성이 흘러나왔다. 설마 이런 식으로 레지스탕스를 만들어내려 할 줄 어찌 생각이나 했겠는가. 하지만 생각해 보면 그리 나쁜 방법도 아니었다.

그들이 레지스탕스인지 아닌지 수도에서 알 길은 없다. 그런 부분은 사람장사 하는 로비우스가 알아서 할 일이고 드러날 걱정도 없었다. 그렇게라도 성과를 올린다면 차후에 당당하게 수도로 돌아갈 수도 있는 것이다.

비록 양심에 찔리기는 해도 정치라는 게 양심을 지켜가며 할 수 있는 건 아니지 않는가.

"만일 이번 일과 관련이 없다 해도 자네는 성과를 거둘 것이네. 나도 증인이 되어주지. 당시 피의 제전 때 도망갔던 잔당이 섞여 있었다고 한다면 누가 의심하겠는가? 자넨 레지스탕스를 소탕하고 돌아온 영웅이 되는 것이네."

아르메니우스도 로비우스의 제안을 적극 지지하고 나섰다. 아르메니우스 시장까지 협력해 준다면 시리우스는 그야말로 개선장군처럼 수도로 복귀하게 될 것이다.

"일단 조사는 해보지요."

시리우스도 더는 거절할 수 없었다. 장래가 보장되는 제안을 걷어차기에는 반대의 상황에서 치러야 할 대가가 너무 가혹한 탓이다.

"현명한 선택이네."

아르메니우스는 고개를 끄덕이며 시리우스의 결정에 만족해했다.

"네놈은 당시의 사정을 낱낱이 이야기하고 계집과 샤막의 관계는 물론 지난 사연에 대해서도 상세하게 말하거라."

"하나도 빠짐없이 말합죠."

로비우스는 샤막과 처음 엮이게 된 사연부터 줄리아에 이르기까지, 지난날의 일들을 이야기하기 시작했다.

CHAPTER
03
누가 적이고 누가 아군인가

갈라파고스 가문

콜로세움의 시합에서 우승한 뒤 갈라파고스 가문에서는 연일 연회가 열렸다. 벌써 일주일째 지속된 연회에서는 비잔티움의 내로라하는 실력자들이 모두 방문해 갈라파고스 가문의 우승을 축하해 주었다.

그렇게 연회를 끝마치고 테세우스는 샤갈을 따로 불러 조촐한 술자리를 가졌다.

"테세우스님! 감축드립니다. 갈라파고스 가문이 비잔티움에 있는 모든 양성가문의 위에 올라섰습니다."

샤갈은 찬양하다시피 축하해 주었다. 갈라파고스 가문을 우승시키려는 목표를 달성한 만큼 샤갈은 테세우스보다 더욱 기뻐했다.

"하하하. 고맙네. 자네가 아니었다면 불가능한 일이었지. 자네 도움이 컸네."

테세우스는 기분 좋은 웃음을 터뜨렸다. 그의 말대로 샤갈의 도움이 아니었다면 제아무리 실력을 좋은 워리어스들을 가지고 있다고 해도 우승은 결코 쉽지 않았을 것이다.

"제가 뭐 한 게 있습니까? 갈라파고스 가문의 워리어스들이 강했던 것이지요."

샤갈은 손을 내저으며 겸손하게 자신을 낮췄다.

"자네의 정보가 없었다면 우리도 큰 곤란을 겪었을 것이네. 자네 덕분에 수월한 시합을 하지 않았는가?"

"그렇게 생각해 주시니 고맙습니다."

테세우스는 샤갈의 공로를 확실히 인정했다. 그의 말대로 대진표를 짜지 않았던가. 거의 모든 시합을 일방적으로 압도할 수 있었던 건 상대의 약점을 정확히 파악하고 있었기 때문이다.

샤갈의 정보력이 없었다면 불가능한 일이다.

"내가 고맙지. 그간 다른 워리어스 양성가문에서 우리 워리어스들을 무시했었지 않은가? 이제는 명예를 얻었으니 그런 소리는 못하겠지. 아니 그런가?"

"누가 있어 갈라파고스 가문의 워리어스를 무시할 수 있겠습니까? 명실공히 콜로세움을 지배한 자들입니다. 그들을 무시하는 자는 스스로를 욕하는 것이나 다름없습니다."

"이거 기분이 좋군."

둘의 분위기는 그 어느 때보다 화기애애했다. 테세우스와 샤갈 둘 다 목적을 달성했기 때문이다. 비잔티움에서 가장 명성이 높은 곳 중 하나인 오로도스 가문의 워리어스들을 격파하고 차지한 우승인 만큼 누구도 갈라파고스 가문의 워리어스들을 얕볼 수 없게 되었다.

샤갈은 테세우스가 기뻐하는 만큼 자신에게 떨어질 대가가 크다는 걸 잘 알고 있었다.

"다음 시합도 갈라파고스 가문에서 승리해 콜로세움을 빛내게 될 것입니다."

샤갈은 이제 콜로세움에서의 영광은 생각지도 않았다. 그보다 더 큰 미래가 기다리고 있었기 때문이다. 테세우스가 만족해하는 만큼 자신의 배경은 그만큼 더 두터워지는 것이다.

"나도 염치가 있는데 어찌 그럴 수 있겠는가? 다음 시합은 클라니우스 가문에서 우승할 차례지."

"저는 괜찮습니다. 테세우스님께서 하시고자 한다면 온 힘을 다해 도울 뿐입니다."

테세우스는 사양했지만 샤갈은 그가 부담스럽지 않도록 최대한 노력했다. 콜로세움에서 한두 번 더 이기는 게 샤갈에게는 별 의미가 없었다. 갈라파고스 가문과 함께하는 것이 샤갈의 야망에 더 가까워지는 길이었다.

"우승도 한 번 했으니 다음 시합에는 출전하지 않을 생각이네. 자네 가문을 이길 자신도 없고."

미안했던지 테세우스는 다음 출전만큼은 거듭 사양했다.

"저희 가문은 출전하지 않겠습니다."

샤갈은 딱 잘라 불참의 뜻을 표했다. 자신 때문에 테세우스가 부담스러워한다고 여긴 탓이다.

"어허. 그런 뜻이 아니라니까. 다음 시합 때는 자네 가문의 워리어스들이 활약하는 걸 보고 싶어서 그러네."

"뜻이 그러하시다면 반드시 우승해 보이겠습니다."

테세우스가 솔직하게 이야기히자 샤갈도 그의 뜻을 받아들였다. 마음먹는다면 콜로세움에서 우승하는 건 샤갈에게는 어려운 일이 아니다. 늘상 그래 왔기 때문이다.

"자네가 마음만 먹는다면야 우승은 쉬운 일이겠지. 기대함세.”

“실망시키지 않겠습니다.”

“실망은 무슨. 하하하.”

테세우스는 믿어 의심치 않았다. 둘은 덕담을 주고받으며 기분 좋게 웃었다.

“테세우스님. 클라니우스 가문에서 사람이 왔습니다.”

“그래? 들이게.”

“예.”

이때 막쿤 총관이 급히 보고했다.

“무슨 급한 일이 있나 보군.”

“이상하군요. 특별한 일은 없는데 말입니다.”

테세우스의 물음에 샤갈은 고개를 갸웃했다. 이곳에 오는 동안에도 특별한 일은 없었기 때문이다. 콜로세움에서의 시합도 일주일 전에 끝이 났고 지금이 워리어스 양성가문의 입장에서는 가장 한가한 시기다.

이맘때쯤 이런저런 사람들도 만나고 술자리를 가지며 자신의 영역을 넓히기 위해 애쓰는 시기로 샤갈 역시 이렇게 갈라파고스 가문을 위해 걸음하지 않았던가.

“테세우스님을 뵙습니다.”

샤갈의 친위대원이 정중히 예를 올렸다.

“인사는 되었고 급한 일이 있는 모양인데 가주에게 말

하게.”

“예.”

테세우스는 뭔가 심상치 않은 느낌을 받았다.

“무슨 일이냐?”

“총관께서 보냈습니다.”

“총관이? 무슨 일로?”

샤갈은 더욱 의아한 표정이 되었다. 자신이 이곳에 있는 걸 뻔히 알 텐데 이렇게 급하게 사람을 보낼 만한 이유가 무엇인지 도통 떠오르는 게 없는 탓이다.

“지금 참사관께서 와 계십니다.”

“참사관이? 대체 왜?”

친위대원의 보고에 샤갈은 당혹스러운 표정을 지었다. 참사관과는 이곳에서 처음 대면한 이후 한두 차례 보기는 했지만 개인적으로 왕래하는 사이는 아니었기 때문이다.

“모르겠습니다. 마스터의 아내 아낙수나문을 데려가겠다고 합니다. 지금 총관께서 이야기 중인데 아무래도 가주님께서 오셔야 할 것 같습니다.”

친위대원도 사정을 모르기는 마찬가지다. 그저 지금 가문에서 벌어지고 있는 일만 간략하게 이야기했다.

“샤갈 가주! 무슨 소린가? 참사관이 와 있다니?”

“저도 잘 모르겠습니다.”

테세우스의 물음에 샤갈도 뭐라 대답할 수가 없었다.

“마스터라면 벨포스를 말하는 건가? 그자의 아내를 데려가 겠다니 이해가 안 되는군.”

테세우스도 참사관의 행동이 이해가 안 되는 건 마찬가지 였다. 뜬금없이 찾아와 마스터의 아내를 내놓으라니 황당할 따름이다.

“아무래도 제가 가봐야 할 것 같습니다.”

샤갈은 무슨 일인지 직접 알아보기로 했다. 참사관은 절대 무시할 수 없는 인물이다. 아무리 갈라파고스 가문과 가까워 져도 참사관에게 밉보인다면 그만큼 불이익을 당할 수밖에 없었다.

“그리하게. 혹 내가 도울 일이 있다면 언제든 이야기하 게.”

“예. 감사드립니다. 우선은 저도 상황을 모르니 가서 알아 본 후에 말씀드리겠습니다.”

“그리하게.”

샤갈은 무슨 일인지 조바심을 느끼며 서둘러 훈련소로 향 했다.

*　　*　　*

“무슨 일이지?”

샤갈은 일단 버나드 총관에게 자초지종을 물었다.

“아낙수나문이 레지스탕스와 관련이 있다며 다짜고짜 내놓으라고 합니다.”

“뭐? 레지스탕스?”

버나드 총관의 이야기에 샤갈의 표정이 일그러졌다. 뭔가 대단한 일이라도 생긴 게 아닌지 걱정했는데 이건 생각할 가치도 없는 일이 아닌가.

아낙수나문은 어린 나이에 이곳으로 왔고 바깥과의 관계는 이미 단절된 지 오래다. 그런데 레지스탕스라니 황당할 따름이었다.

“도통 말이 통하질 않습니다.”

버나드 총관도 답답한 듯 말했다.

“뜬금없이 레지스탕스라니 무슨 말인지 모르겠군.”

“아무래도 콜로세움에서의 일과 관련이 있는 것 같습니다.”

버나드 총관은 나름대로 이런 일이 벌어진 이유에 대해서 생각해 본 듯했다.

“콜로세움이라니?”

샤갈은 아직까지는 버나드가 무슨 말을 하려는 것인지 이해하지 못했다.

"갈라파고스 가문에서 우승하지 않았습니까? 불만이 있는 자들이 많겠지요. 그리고 그들 중 시장을 움직인 자가 있을 겁니다."

"시장을?"

"참사관은 이곳 비잔티움에 대해서 아는 게 없습니다. 더욱이 아낙수나문에 대해서는 더더욱 모르겠지요. 그런데 아낙수나문을 특정하고 있습니다. 그 말은 가문의 사정을 잘 안다는 의미가 아니겠습니까? 참사관을 움직일 수 있는 사람은 시장뿐입니다."

버나드는 제법 날카롭게 상황을 파악했다. 이곳에 연고가 없는 참사관이 아낙수나문의 이름을 지명한 것만 보더라도 독자적으로 움직인 건 아니라는 의미다.

참사관을 움직이기 위해서는 당연히 시장을 움직여야 했고 시장을 움직임으로써 불만을 표출하는 자들은 있게 마련이다.

이번 콜로세움에서의 시합은 유례가 없었던 결과가 되어버린 만큼 불만을 가진 자들도 많을 수밖에 없다.

"으음. 자네 말이 일리가 있군. 그렇다면 이번에도 막시무스 그놈이라는 뜻이겠지?"

버나드 총관의 이야기를 듣자 샤갈이 가장 먼저 떠올린 사람은 막시무스였다. 클라니우스 가문에 대해서 가장 잘 알고 있는 인물이고 일전에도 이런 경우가 있지 않았던가.

"가장 가능성이 큽니다."

"알겠네. 일단 내가 만나보지."

버나드 총관도 막시무스를 가장 유력한 인물로 보았다. 샤갈은 대충 상황 파악이 되자 시리우스를 만나보기로 했다.

"아이고. 참사관님께서 이곳까지 어쩐 일이십니까? 부르셨다면 제가 갔을 텐데요."

샤갈은 과장되게 반기며 시리우스를 맞았다.

"이미 사정은 들었으리라 생각하네."

시리우스의 목소리는 냉담했다. 이곳에 놀자고 온 게 아닌 만큼 분위기를 맞춰줄 필요는 없는 것이다.

"듣기는 했는데 도통 이해할 수가 없습니다. 한낱 노예계 집을 찾으시는 이유가 무엇인지 모르겠군요."

샤갈은 사정을 모르는 것처럼 시치미를 뗐다.

"로비우스를 자네도 알고 있겠지?"

"물론입니다. 노예상인 로비우스를 모르는 사람이 비잔티움에 있을 리가 없지요."

"얼마 전 로비우스에게 일이 있었더군."

"로비우스에게 무슨 일이 있었는지는 모르겠지만 그게 저희 집의 노예계집과 무슨 상관이 있습니까?"

시리우스의 이야기에 샤갈은 영문을 모르겠다는 표정으로 물었다. 대충 어떤 상황인지는 짐작했지만 그건 말도 안 되는 소리라는 걸 잘 알기 때문이다.

지금은 구실이 필요할 뿐이다. 그리고 샤갈은 그 구실을 주지 않기 위해 노력 중이다.

"자네가 데리고 있는 노예들은 로비우스와 관련이 있는 자들이 많더군."

시리우스의 말에는 뼈가 있었다.

"물론 로비우스의 팔을 자른 자가 내 워리어스로 있는 것은 맞습니다. 하지만 그자는 자유롭게 드나들지도 못하고 제 눈에서 벗어난 일이 없었습니다."

"물론 그렇겠지. 자네가 설마 레지스탕스와 관련이 있겠나?"

"레지스탕스라니요? 대체 무슨 말씀이신지……."

시리우스의 물음에 샤갈의 표정이 순간 굳어졌다. 다른 건 몰라도 레지스탕스와 관련이 지어지는 순간 클라니우스 가문 정도는 단번에 풍비박산이 날 수 있다는 걸 알기 때문이다.

참사관이 무서운 건 바로 그 점이다. 일단 레지스탕스와 관련된 혐의를 씌운다면 그 누구도 그의 족쇄에서 벗어날 수가 없다.

　현재 탈로스 제국에서 가장 무서운 죄가 있다면 바로 레지스탕스와 관련된 것이다. 군대를 이끌고 그들을 소탕하는 자가 바로 참사관이다. 적어도 레지스탕스와 관련해서는 무소불위의 권력을 휘두를 수 있는 자리인 셈이다.

　"줄리아라는 여인을 알고 있나?"

　"모릅니다."

　샤갈은 모르는 체 잡아뗐다.

　"샤막의 여인일세."

　"으음. 그게 저와 무슨 관계가 있는 것인지……."

　시리우스가 집요하게 파고들자 샤갈도 심기가 불편했다. 이건 아예 결론을 전제해 놓고 몰아가는 형국이 아닌가. 이런 식이라면 아무리 죄가 없더라도 결국은 말려들게 되어 있다.

　샤갈은 그 점을 잘 알고 있었다. 참사관에게 계속 주도권을 준다면 결국 자신도 걸려들게 될 것이다.

　"누군가 줄리아라는 여인을 로비우스에게서 빼앗아갔네. 그의 수하들을 반병신을 만들어놓고서."

　"로비우스 그자야 여기저기 원한을 쌓아둔 자인데 한 발

짝도 나가지 못하는 내 워리어스에게 혐의를 두는 것입니까?"

샤갈은 억울한 듯 말했다. 뭔가 레지스탕스와 관련된 증거라도 제시한다면 모르겠지만 시리우스의 주장은 황당하기 짝이 없었다. 비잔티움에서 가장 많은 원수를 지고 있는 로비우스에게 벌어진 일로 올가미를 씌우려 하는 건 누가 보더라도 무리수가 아닌가.

"물론 아니네. 다만 그 수하들에게 한 짓을 조사해 보니 상당한 실력을 지녔더군. 게다가 감쪽같이 사라졌네. 일대를 조사해 봤지만 찾을 수가 없었네. 아마도 신분을 위장하고 쥴리아라는 여인을 빼내기 위해 잠입했었던 것 같네."

시리우스는 매음굴에서 벌어졌던 사건에 대해서 이야기해 주었다. 단순한 취객이 아닌 계획적으로 벌인 일이라는 걸.

"그럼 그자들이 레지스탕스라는 말씀입니까?"

"그렇게 결론을 내렸네."

"대체 레지스탕스에서 왜 한낱 노예계집 때문에 위험을 무릅써 가면서까지 그런 일을 벌이겠습니까? 저는 별로 믿음이 가질 않는군요. 그리고 샤막은 이미 세상일과는 연을 끊었습니다. 바깥에서의 일로 연관 짓는 건 곤란합니다."

레지스탕스와 관련되었다는 말에 다소 위축되었던 샤갈은 시리우스에게 특별한 물증이 없다는 걸 눈치채자 좀 더 강하게 나갔다. 깡패들을 두들겨 줄 수 있는 실력을 가진 사람이야 부지기수가 아닌가.

또한 레지스탕스가 평소 벌여온 일을 보더라도 기껏 매음굴 여인 하나 빼가자고 정체를 드러내는 위험을 감수할 자들은 아니었다. 샤갈은 자신을 옭아매기 위한 모함임을 바로 간파했다.

"물론이네. 내가 아무 이유 없이 그저 쥴리아라는 여인의 옛 애인이었다고 샤막 그자를 의심하는 건 아니니까. 내가 샤막을 내놓으라고 한 건 아니지 않나?"

샤갈의 주장에도 시리우스는 여유를 잃지 않았다. 마치 뭔가 중요한 단서를 확보한 사람처럼.

"그건… 그렇지만. 대체 아낙수나문은 왜 조사하시려는 것인지 도무지 이해가 안 됩니다."

시리우스의 반응에 샤갈도 내심 걱정스러웠다. 자신이 잘못 판단했는지도 몰랐기 때문이다. 사실은 아니라 해도 사실처럼 보이는 어떤 증거가 있다면 꼼짝없이 당할 수도 있는 것이다.

"쥴리아라는 여인을 매음굴에서 빼가기 전에 누군가 그 여인의 행방을 수소문하고 다녔더군. 그런 후에 일이 벌어졌으니 충분히 의심할 만하지 않나?"

"아낙수나문이 그랬다는 말입니까?"

샤갈의 표정이 살짝 굳어졌다. 이건 샤갈도 예상하지 못한 일이다. 줄리아의 일과는 전혀 관련이 없다고 생각했지만 만약 아낙수나문이 관련된 것처럼 보이기만 해도 참사관이라면 충분히 엮을 수 있었기 때문이다.

"일단은 그년이 줄리아라는 여인의 행방을 수소문하고 다닌 건 사실이니까."

"증거라도 있습니까?"

"물론이네. 그년을 데려오게. 그럼 밝혀질 것이니."

시리우스는 자신만만한 모습이었다. 반면에 샤갈은 가슴이 두근거렸다. 적어도 아낙수나문과 관련해서는 시리우스가 뭔가 물증을 가지고 있는 듯 보인 것이다.

"으음. 알겠습니다. 잠시만 기다려 주십시오. 총관! 가서 아낙수나문을 데려오게."

"예. 가주님."

버나드 총관이 서둘러 나갔다. 잠시 후 버나드 총관과 함께 아낙수나문이 들어왔다.

"가, 가주님의 부르심을 받고 왔습니다."

"이리 와서 앉아라."

"예. 가주님."

아낙수나문은 잔뜩 겁에 질린 표정으로 자리에 앉았다. 버나드 총관이 오면서 대충 이야기해 준 탓에 사정을 알고 있었다.

"지금부터 이분께서 묻는 말에 솔직하게 답해야 한다. 거짓일 경우 어떤 처벌을 받게 될지는 알겠지?"

"예. 가주님."

"그럼 물으십시오."

샤갈은 일단 시리우스에게 심문할 기회를 주었다. 아낙수나문에게서 어떤 말이 나올지 샤갈은 내심 긴장하고 있었다.

"네 이름이 아낙수나문인가?"

"네."

"쥴리아라는 여인을 아느냐?"

흠칫.

아낙수나문의 표정이 눈에 띠게 굳어졌다. 대답하지 않아도 충분히 무슨 말을 할지 알 수 있을 정도였다.

"다시 묻겠다. 샤막의 여인 쥴리아를 아느냐?"

"실은……."

아낙수나문은 잔뜩 겁에 질려서는 말조차 제대로 하지 못했다. 온몸을 부들부들 떨며 어쩔 줄을 몰라 했다.

콰아아앙.

"어서 대답하지 못할까?"

시리우스는 테이블을 내려치며 엄하게 호통을 쳤다.

"예. 알고 있어요. 흑흑."

아낙수나문은 겁에 질려 흐느끼며 시인했다.

"보게. 내 말이 맞지 않나?"

시리우스는 아낙수나문을 가리키며 자신있는 표정을 지었다.

"쥴리아를 아는 것과 레지스탕스가 관련이 있다고는 생각하기 어렵군요."

샤갈은 아직은 인정할 수 없었다.

"과연 그럴까? 지금부터 거짓말을 한다면 네년은 절대 곱게 죽지 못할 것이다. 알겠느냐?"

"예."

시리우스는 아낙수나문이 거짓말을 하지 못하도록 단단히 엄포를 놓았다.

"쥴리아라는 여인의 행방을 수소문한 적이 있느냐?"

"그건……."

"어서 말하래도!"

"예. 찾아갔었어요."

아낙수나문은 결국 시리우스가 원하는 대답을 하고 말았다. 거짓말을 한다고 해도 결국은 들통 나리라는 걸 알기 때문이다.

“뭐라? 네까짓 게 찾아가서 뭘 하려고?”

아낙수나문이 순순히 인정하자 샤갈의 표정이 찌푸려졌다. 설마 바깥출입을 허락한 게 이런 식으로 돌아올 줄은 몰랐던 것이다.

“그게… 일전에 로비우스라는 자가 샤막을 죽이려고 한 일이 있었잖아요. 샤막은 줄리아에게도 무슨 일이 일어났을지도 모른다며 무척 걱정했었어요. 그래서 간절히 부탁하는 바람에……. 죄송해요. 가주님. 제가 주제 넘는 짓을 했습니다. 흑흑.”

아낙수나문은 흐느끼며 사정을 이야기했다. 워리어스들에게는 오로도스 가문의 소행으로 말했기에 로비우스가 관련되었다는 사실을 아는 사람은 샤막뿐이다.

샤갈은 아낙수나문이 그 사실을 알고 있다는 것에 놀랐지만 그 부분은 일단 모른 척했다.

“그래서 뭐라 했느냐?”

“아무 말도 해주지 않았어요. 그냥 떠났다고 말했어요. 어디로 갔는지는 모른다고요. 정말이에요.”

아낙수나문은 겁이 났지만 가장 적절한 대답을 했다. 이 사실은 시리우스나 샤갈도 증명할 수 없기 때문이다. 아는 사람은 오직 남편인 벨포스와 샤막, 그리고 그의 친구들뿐이다.

“거짓일 경우 너는 물론 네 남편까지 엄중히 처벌받게 된
다는 건 알고 있겠지?”

샤갈은 사실을 확인하기 위해 엄포를 놓았다.

“물론이에요. 제가 어찌 감히 가주님께 거짓을 아뢰겠어
요. 항상 저희에게 잘해주시는 걸 아는데요. 정말 죄송해요.
죄송해요.”

아낙수나문은 머리를 조아리며 빌고 또 빌었다.

“알았다. 그만 가보거라. 오늘 일은 나중에 엄히 묻겠다.”

샤갈도 대충 어떤 상황인지는 알아차렸다. 이쯤 되면 아낙
수나문을 심문하는 건 무의미하다.

“샤갈 가주! 난 이년을 데려가서 조사해야 한다고 한 것 같
은데?”

시리우스는 아직 아낙수나문에게서 미련을 버리지 못한
듯했다. 시리우스가 걸고 넘어갈 수 있는 유일한 존재였기 때
문이다.

“방금 들었지 않습니까? 말해주지 않았다고요.”

“그건 조사해 보면 알겠지.”

시리우스는 샤갈의 이야기는 무시해 버렸다. 아낙수나문
을 시작으로 클라니우스 가문을 완전히 뒤집어 버릴 심산이
었다. 아낙수나문의 입에서 거론되는 이름들은 모두 레지스
탕스가 되는 것이고 시리우스는 어떤 이름이든 자신이 원하

는 이름이 나오게 만들 자신이 있었다.

"그보다 로비우스의 주변을 조사해 보는 게 빠르지 않겠습니까?"

샤갈은 시리우스의 의도가 무엇인지 뻔히 보였기에 다른 방법을 쓰기로 했다. 시리우스에게 이런 식으로 말려든다면 없는 죄도 생긴다는 걸 너무 잘 알고 있었다.

"그게 무슨 말인가?"

시리우스도 살짝 관심을 보였다.

"로비우스 그자가 감히 내 워리어스들에게 뇌물을 주고는 샤막을 죽이려 한 일이 있었습니다. 그리고 거기에는 오로도스 가문이 관련되어 있었지요. 또 모르지요. 어떤 가문이 관련되었는지. 분명 로비우스의 수하들을 해한 자들이 대단한 실력이라고 하셨지요?"

"그렇네."

"워리어스라면 가능하지 않겠습니까?"

샤갈은 쥴리아를 빼간 자들을 워리어스로 단정 지었다. 시리우스가 말한 정도의 실력이라면 기사나 워리어스 정도는 되어야 한다. 그리고 과거의 전력으로 보더라도 로비우스가 이용했던 가문들과의 관련성을 부정할 수는 없었다.

"워리어스라면… 그렇겠지."

시리우스도 부정하지는 않았다. 그런 무자비한 짓을 기사들이 저질렀다고 보는 것도 한편으로는 어울리지 않는다고 본 것이다. 죽이는 것도 아니고 아예 불구로 만든 건 고통을 주기 위함이고 그만큼 잔인해야 한다.

평소 죽고 죽이는 일을 반복해 온 워리어스들이라면 웃으면서 할 수 있지 않겠는가.

"오로도스 가문처럼 다른 가문 역시 여러 가지 사연으로 얽혀 있을 것입니다. 그리고 그중 한곳에서 뭔가 앙갚음을 한 것이겠지요."

샤갈은 이번 사건을 레지스탕스가 아닌 로비우스와의 원한 관계로 치부했다. 로비우스라면 충분히 그런 일 정도는 비일비재할 인물이 아닌가. 고작 매음굴의 여인 때문에 레지스탕스가 움직이리라고는 생각할 수 없었다.

"그럼 줄리아라는 여인을 데려간 이유는?"

"샤막이 로비우스의 팔을 자른 것과 그의 여인이 줄리아라는 걸 모르는 사람은 아마 거의 없을 것입니다. 아마도 지금 참사관님께서 생각하시는 대로 상황을 이끌려는 수작이 아니겠습니까?"

샤갈은 이 모든 일은 자신을 모함하기 위한 미끼로 보았다. 두 번 생각할 필요도 없을 만큼 명확했다.

"자네 말은 줄리아라는 여인을 미끼로 자신들은 혐의를 벗겠다? 그런 말인가?"

샤갈의 말은 일리가 있었다. 시리우스 역시 레지스탕스와의 관련성을 의심하고는 있지만 처음 아르메니우스와 로비우스를 만났을 때처럼 그러한 점을 생각하지 않은 건 아니다.

"저는 그렇게 보여집니다. 만일 샤막이나 제가 관련되었다면 가장 먼저 의심받을 걸 뻔히 알면서 쥴리아 그 계집을 빼돌리지는 않겠지요. 못 믿겠다면 뒤져 보십시오. 쥴리아라는 계집이 여기 있는지."

샤갈은 자신만만했다. 이야기를 계속할수록 시리우스에게 어떤 확증이 없다는 걸 알았기 때문이다. 단순히 아낙수나문이 쥴리아의 행방을 수소문했다는 이유 하나만으로 자신을 레지스탕스로 모는 건 분명 억지였다.

그 정도의 증거로 일을 벌이는 것이라면 샤갈 역시 모든 역량을 동원해 싸울 생각이다.

"으음. 그보다 로비우스와 오로도스 가문에서 샤막을 죽이려 했다는 이야기를 듣고 싶군. 난 처음 듣는 이야긴데."

이곳에 오면서도 내심 내키지 않았던 시리우스는 로비우스와 과거에 관련되었던 일에 호기심이 생겼다. 갈라파고스 가문까지 버티고 있는데 샤갈을 잡아넣기에는 사실 증거가 너무 부족했다는 걸 잘 알고 있기 때문이다.

“다 말씀드리겠습니다. 지난 피의 제전 때의 일입니다.”

샤갈은 시리우스가 관심을 보이자 속으로 쾌재를 불렀다. 전화위복이 아닌가. 자신을 모함하려 했던 자들에게 오히려 역공을 가할 수도 있게 된 것이다.

“피의 제전? 그럼 레지스탕스가 습격했던 그때를 말하는 건가?”

피의 제전이라는 말에 시리우스의 눈빛이 강해졌다. 아르메니우스 시장과 로비우스의 장단에 맞춰 이곳에 오기는 했지만 시리우스의 가장 큰 관심사는 뭐니 뭐니 해도 레지스탕스다.

이곳에 온 이유도 레지스탕스와 조금은 관련되었을지도 모른다는 의심이 있었기에 온 것이지 오로지 권력다툼의 일환으로 모함한 것이 전부라면 절대 오지 않았을 것이다.

“바로 그렇습니다. 레지스탕스가 습격하는 것과 때를 맞춰 로비우스가 고용한 자들이 샤막을 죽이려 한 일이 있었습니다. 다행히 죽기 직전 치유의 돌을 사용해 살렸습니다.”

샤갈은 피의 제전 때 일어났던 일을 말해주었다. 사실을 말하면서도 어감상 레지스탕스와의 관련성을 교묘히 강조하고 있었다.

“으음. 자세히 말해보게. 뭔가 냄새가 나는군.”

시리우스는 아낙수나문보다는 오히려 로비우스가 레지스탕스와 더 관련이 있다는 생각이 강하게 들기 시작했다.

"예. 당시 워리어스 대기실의 문이 일제히 열리며 난입한 레지스탕스들이……."

샤갈의 이야기가 계속되는 가운데 시리우스의 표정은 수차례 변하기를 반복했다. 자신이 알고 있던 내용과 샤갈의 이야기에는 많은 차이가 있었기 때문이다.

오히려 샤갈의 이야기가 지금껏 들었던 이야기들보다 신빙성있게 느껴진 것이다.

"자네 말이 모두 사실이라고 다짐할 수 있겠나?"

"물론입니다."

"만일 거짓일 경우 나를 원망하지 말게."

시리우스는 엄한 표정으로 말했다. 뭔가 잡힐 듯 말 듯 하면서도 잡히지 않았던 단서가 잡힐 것 같은 느낌 때문이다. 샤갈의 말대로라면 로비우스는 레지스탕스의 습격으로 혼란한 틈을 타 샤막을 죽이려 한 것이 된다.

그건 레지스탕스의 습격을 이미 알고 있었다는 의미가 아닌가.

"제 말이 거짓이라면 언제든 저를 잡아가서 벌하십시오. 제가 당시에 참은 것은 오직 시장님 때문입니다. 그러고 보니 시장님과 관련된 일들치고 구리지 않은 일이 없군요. 피의 제전 때도 그렇고 이번에도 레지스탕스와 어떻게든 연결되지 않습니까?"

샤갈은 한발 더 나아가 아르메니우스 시장까지 혐의를 두었다. 피의 제전 때도 대진표를 새로이 조정한 것부터 경비까지 모두 시장의 책임하에 벌어진 일이었기 때문이다.

"자네는 시장과 레지스탕스가 관련이 있다고 보는가?"

"제가 어찌 알겠습니까? 하지만 시장이 나섰을 때는 항상 레지스탕스가 관련이 있었다는 걸 말씀드리는 것뿐입니다. 피의 제전 때도 그렇고 이번에도 그렇지 않습니까? 이번 일, 시장님이 나선 게 아닙니까? 그렇다면 제가 잘못 생각한 것이겠지요."

샤갈은 이미 시리우스의 생각을 훤히 꿰뚫었다. 또한 시리우스가 어떻게 이곳까지 오게 되었는지도 짐작하고 있었다. 시장의 부추김 없이 아낙수나문 하나 때문에 왔을 리는 없기 때문이다.

"으음. 시장이 로비우스와 함께 왔었네."

시리우스는 절로 신음성을 흘렸다. 샤갈과 이야기할수록 점차 혐의는 샤갈로부터 시장과 로비우스에게로 옮겨가는 것이다.

"역시!"

샤갈은 탄성을 냈다.

"내가 중요한 걸 놓치고 있었군. 콜로세움에 그 많은 레지스탕스가 숨어들려면 누군가의 눈에는 띌 수밖에 없다는 걸. 그 모든 걸 무마할 수 있는 사람은 오직 시장뿐이지."

시리우스도 아르메니우스 시장에 대해서 강한 의심을 품게 되었다. 애꿎은 경비들만 족칠 일이 아니다. 시장은 모든 걸 움직일 수 있는 위치였기 때문이다.

"혹 제가 도움을 드릴 일이 있다면 언제든 말씀해 주십시오. 저도 빚이 있는데 갚아야 하지 않겠습니까?"

"일단 조사해 보고 자네 도움이 필요하다면 이야기하지."

시리우스는 샤갈의 제안을 순순히 받아들였다. 이곳에 연고가 없는 만큼 시장과 대적하기 위해서는 도움은 필수다. 샤갈의 뒤에 갈라파고스 가문이 있다는 건 이럴 때는 큰 힘이 되어줄 것이다.

"테세우스님께서도 적극 도우실 것입니다."

샤갈은 기다렸다는 듯이 시리우스가 원하는 답을 주었다.

"으음. 알겠네. 아무래도 테세우스님을 한번 만나야겠군. 자네가 자리를 마련해 보겠나? 은밀하면 좋겠는데."

시리우스는 샤갈의 꾀임에 금세 넘어갔다.

"알겠습니다. 자리를 마련한 후 연락드리겠습니다."

"이거 밤늦게 실례가 많았네."

　시리우스는 오늘의 방문이 비록 허탕이었지만 더 많은 걸 얻었다는 생각에 만족해했다. 진짜 적과 아군을 구별하게 된 셈이다.

　"별말씀을. 참사관님과 오해를 풀게 되어서 저는 기쁠 뿐입니다."

　"자네에게 빚을 졌으니 기회가 되면 갚지."

　"언제든 불러주십시오."

　샤갈은 정중하게 고개를 숙였다.

　"아르메니우스 이놈이 하찮은 노예상인을 이용해 감히 나를 농락하려 들어? 죽일 놈!"

　시리우스의 눈에서는 불길이 타올랐다. 아침의 일을 생각하니 수치스럽기까지 했다. 시리우스는 이를 악물었다. 오늘의 수모는 배로 갚아주기를 각오하면서.

CHAPTER
04

위기인가, 기회인가

시리우스가 떠난 후 샤갈은 곧바로 아낙수나문을 불러들였다, 아낙수나문은 잔뜩 긴장한 채 부들부들 떨었다.

"묻겠다. 샤막을 죽이려 했던 자가 로비우스라는 걸 네가 어떻게 알았느냐?"

"들었습니다."

"누구에게 들었지?"

"샤막에게 들었습니다."

아낙수나문은 미리 생각해 둔 대로 답을 했다. 이왕 밝혀진 것 가장 피해를 최소화하는 쪽으로 가닥을 잡은 것이다.

"그리고 또 무엇을 들었느냐?"

"쥴리아가 걱정되니 알아봐 달라고 했습니다."

"다른 이야기는?"

샤갈의 눈빛이 매서워졌다. 혹시 오로도스 가문의 막시무스를 제거하라는 말까지 한 게 아닌지를 알아보기 위함이다.

"무슨 말씀이신지……."

아낙수나문은 전혀 모르겠다는 표정을 지었다.

"내가 샤막에게 은밀히 지시한 일이 있다. 그 이야기에 대해서 말해보거라."

샤갈은 표정을 풀고는 다소 부드러운 목소리로 물었다. 혹시 겁을 집어먹고 거짓말을 할지도 몰랐기 때문이다.

"무슨 말씀이신지 모르겠습니다. 제가 들은 건 로비우스가 뇌물을 주고 샤막을 죽이라고 시켰다는 것과 가주님께서 막아주셨다는 것만 들었습니다."

아낙수나문은 애초에 생각해 두었던 말만을 되풀이했다. 잔뜩 겁에 질린 표정이었기에 거짓말을 하는 것처럼 보이지는 않았다.

"정말 다른 이야기는 들은 일이 없느냐?"

"제가 어찌 거짓말을 하겠습니까? 샤막이 하도 애원하길래 쥴리아의 소식만 전해주려 한 것입니다. 하지만 쥴리아가 잡혀갔다는 이야기는 하지 않았습니다."

아낙수나문은 간절한 목소리로 말했다. 내용상으로 본다면 크게 잘못한 일은 아니다. 시리우스가 걸고 넘어가지만 않았어도 평소라면 그냥 넘길 수도 있는 일이었다.

"만일 거짓일 경우 후회하게 될 것이다."

"믿어주세요. 가주님. 정말이에요."

"네게 큰 배려를 해주었는데도 이런 결과를 초래했으니 그 처벌은 각오하고 있겠지?"

샤갈은 샤막이 아낙수나문에게 비밀을 누설하지는 않았다고 믿자 다소 마음이 놓였다. 하지만 아낙수나문은 여전히 샤갈에게는 약점으로 자리 잡을 소지가 있었다.

"죽을죄를 지었습니다. 용서해 주세요."

아낙수나문은 빌고 또 빌었다.

"이번 일은 그냥 넘길 수 없다. 가서 대기하고 있거라."

"가주님! 용서해 주세요."

"어서 가라는데도!"

샤갈은 일단 밤이 늦었기에 아낙수나문에 대한 처리는 미루기로 했다. 아직 어떻게 처리해야 할지 갈피를 잡지 못한 것이다. 시리우스를 잘 설득했으니 큰 문제는 되지 않겠지만 사람 일은 모르는 것이다. 시리우스가 마음을 바꿀지도 모르는 일이 아닌가.

더욱이 아낙수나문은 벨포스의 짝이었기에 다른 계집들처

럼 쉽게 처리할 문제도 아니었다.

"가주님! 이번 일은 그냥 넘기기 힘들 것 같습니다."

버나드 총관은 이번 사태를 꽤나 심각하게 받아들였다.

"그래도 참사관을 설득할 수 있어서 다행이었네."

하지만 샤갈은 어느 정도 안심하는 분위기다. 다행히 아르메니우스에게 모든 혐의를 넘겼기 때문이다.

"그렇지가 않습니다."

버나드 총관은 고개를 저었다. 그가 보기에는 아직 위기를 넘겼다고 보기에는 무리가 있는 탓이다.

"다른 문제라도 있나?"

"시장이 레지스탕스와 관련이 있다고 생각하십니까?"

버나드 총관은 직설적으로 물었다.

"그걸 내가 어찌 알겠나? 시장이 그랬던 것처럼 나도 똑같이 갚아줬을 뿐인데. 설마하니 정말 관련이 있으려고?"

버나드 총관의 물음에 샤갈도 그를 레지스탕스라고 생각하지는 않았다. 그건 생각조차 해보지 못한 일이다.

"참사관이 조사해 보면 금방 알게 될 것입니다. 시장이 레지스탕스와 관련이 없다는 걸 알게 되면 다시금 화살은 가주님께 향하게 될 것입니다."

버나드 총관은 시리우스의 성격상 감정적으로 일을 처리하지는 않으리라 생각했다. 아르메니우스 시장에 대한 혐의가 풀리는 순간 샤갈은 다시금 위기를 맞게 될 것이다.

"그럼 내가 레지스탕스와 관련이 있다는 말이냐?"

"그럴 리가 있겠습니까? 하지만 참사관은 뭔가 성과가 필요합니다. 이제 수도로 돌아갈 때가 되지 않았습니까?"

"그럼 수도에 잘 보이기 위해 날 모함이라도 한다는 뜻인가?"

"시장보다는 가주님이 더 수월하지 않겠습니까? 참사관은 둘 중 하나는 분명 레지스탕스와 엮으려 할 것입니다. 아마 선택의 여지가 없을 것입니다. 자신도 살아남아야 하니까요."

버나드 총관은 시리우스의 입장을 꽤나 정확하게 파악하고 있었다. 시리우스가 고작 노예계집 하나 때문에 이곳에 온 것만 보더라도 그만큼 급하다는 걸 알 수 있었다.

시장을 상대하는 것보다는 샤갈을 상대하는 게 시리우스 입장에서는 편할 것이고 진실 여부는 중요치 않다.

"그럼 어쩌란 말인가? 없는 증거라도 만들라는 말인가?"

샤갈은 답답했다. 이 말도 안 되는 억측에서 빠져나가고 싶지만 뾰족한 수가 없었다.

"지난번도 그렇고 이번에도 로비우스가 관련이 되어 있습니다. 그 점을 유념하셔야 합니다."

"로비우스? 맞아. 그놈 때문이지."

　　버나드 총관의 지적에 샤갈은 손뼉을 쳤다. 언제나 가문을 위태롭게 만드는 순간에는 로비우스가 관련되어 있었던 것이다. 어쩌면 지금 가장 경계해야 할 인물은 시리우스나 아르메니우스가 아닌 로비우스인지도 몰랐다.

　　"일단은 로비우스와 관련된 부분을 배제하셔야 합니다."

　　"그게 무슨 뜻이지?"

　　"샤막을 데리고 있는 이상 로비우스와의 갈등은 피할 수가 없을 것입니다."

　　버나드 총관은 로비우스와의 갈등을 없앨 것을 제안했다. 로비우스와 특별히 원수를 진 일도 없는데 이렇게 엮이는 이유는 한 가지뿐이다.

　　"그럼 샤막을 내치라는 말인가? 아니, 넘기라는 말인가? 그건 내 자존심이 허락지 않아. 그깟 노예상인 따위에 내 워리어스를 바치다니 말이나 될 법한 일인가?"

　　샤갈의 표정이 찌푸려졌다. 로비우스의 위세가 대단하다고는 해도 샤갈은 한 번도 그를 인정한 일이 없다. 그는 소문대로 인간 말종에 돈밖에 모르는 쓰레기가 아닌가.

　　그자에게 양보한다는 건 고개를 숙이는 것과 다르지 않은 일이다. 자존심 강한 샤갈로서는 택할 수 없는 방법이다.

　　"그자에게 바칠 필요는 없습니다. 필요한데 쓰셔야지요."

　　"무슨 뜻인가?"

샤갈은 고개를 갸웃했다.

"일전에 하시려고 했던 일 말입니다."

"으음. 그건 없던 일로 하기로 한 것 같은데?"

샤갈의 표정이 심각해졌다. 한때 감정에 치우쳐 일을 벌이려고는 했지만 막시무스를 제거하는 건 너무 큰 위험이 따른다. 더욱이 워리어스를 이용한다는 건 모든 걸 내놓을 각오가 되어 있어야 한다.

"상황이 변했습니다."

"그럼 로비우스를 제거하자는 말인가?"

"아닙니다. 본래대로 막시무스 가주를 제거해야지요. 분명 막시무스 가주도 관련되어 있을 것입니다."

버나드 총관은 이번 일에 단 한 번도 언급된 적이 없던 막시무스를 지목했다. 시리우스도 막시무스와 관련된 이야기는 한 일이 없었다. 하지만 버나드 총관은 배후에 그를 지목했다.

"막시무스가? 왜?"

"갈라파고스 가문만 아니었다면 이번 시합에서 오로도스 가문이 우승했을 것입니다."

"으음. 그놈이 그 때문에 앙갚음을 하고 있다는 말인가?"

"시기적으로도 그렇고 상황이 그렇지 않습니까? 로비우스의 일을 듣고 어떻게든 그쪽으로 끼워 맞춘 것 같습니다. 아낙수나문에 대해서도 그렇고 우리 사정을 너무 잘 알고 있습니다. 막시무스 가주가 개입되지 않고서야 불가능한 일입니다."

버나드 총관은 마치 옆에서 본 것처럼 상황을 요리조리 끼워 맞췄다. 막시무스는 가만히 앉아서 모든 상황을 조종한 셈이다. 로비우스와 아르메니우스, 그리고 시리우스도 거기에 놀아난 셈이 아닌가.

자신은 쏙 빠진 체 목에 칼날을 들이밀고 옥죄어 온 것이다.

"으음. 듣고 보니 그렇군. 막시무스 이놈이 끝까지!"

샤갈은 버나드 총관의 말에 고개를 끄덕였다. 클라니우스 가문 내의 사정을 속속들이 알고 있는 인물이 개입되었다면 그건 막시무스뿐이었다.

"지금 가주님께서 의심을 받을 만한 빌미는 아낙수나문과 샤막뿐입니다. 그 둘만 사라진다면 가주님을 귀찮게 할 여지는 없게 될 것입니다."

버나드 총관은 과감히 둘을 쳐낼 것을 제안했다. 그 둘은 언젠가 샤갈의 약점으로 남게 될 것이기 때문이다.

"샤막이야 그렇다 쳐도 아낙수나문은 벨포스의 여자가 아닌가? 그건 좀 무리 같은데?"

샤갈은 아낙수나문에 대해서는 내키지 않아 했다. 샤막이야 버린다 해도 새로운 신참을 키우면 되는 일이고 함께 온 카시아스와 로베르토가 잘해주고 있기에 그리 빈자리가 크지는 않다.

하지만 아낙수나문을 쳐내면 벨포스도 잃게 된다. 그럼 훈련소가 정상적으로 돌아가는 게 힘들어지기 때문이다.

"마스터 벨포스의 실력이 뛰어나긴 하지만 대체할 수 없는 건 아닙니다. 하지만 참사관에게 레지스탕스로 엮이게 된다면 클라니우스 가문은 끝장입니다."

"으음."

버나드 총관의 이야기에 샤갈은 절로 신음성이 흘러나왔다. 그의 말은 틀리지 않았다. 레지스탕스와 관련된 죄가 얼마나 큰 것인지 잘 알기 때문이다.

아무리 잘나가는 가문이라고 해도 하루아침에 망할 수 있는 게 바로 그 죄목이 아닌가.

"가주님께서는 최대한 많은 배려를 해주셨습니다. 그 기회를 걷어찬 것은 아낙수나문입니다. 가주님을 탓할 필요도 없겠지요. 스스로 화를 자초한 것이니까요."

"달리 방법이 없다면 어쩔 수 없겠지."

샤갈도 더는 거절할 수가 없었다. 가문의 위기의식을 절실하게 느낀 것이다. 아낙수나문 하나 때문에 대를 이어온 클라니우스 가문이 문을 닫게 할 수는 없지 않은가.

"아낙수나문을 대체할 만한 짝을 새로이 지어주면 될 것입니다. 계집이야 일단 몸을 부대끼면 정이 들게 되는 것이고 옛사람은 쉬이 잊히는 법이 아니겠습니까?"

"벨포스를 잃지 않을 수도 있다?"

샤갈의 표정이 밝아졌다. 만일 버나드 총관의 말대로만 된다면 손해 볼 일은 아니다. 샤갈에게 필요한 건 아낙수나문이 아니라 벨포스였기 때문이다.

"물론입니다. 어차피 짝이라는 게 그런 게 아닙니까?"

버나드 총관은 자신했다. 워리어스와 짝의 관계를 그저 외로움을 달래고 회포를 푸는 관계 정도로 본 것이다.

"우선 참사관이 어떻게 움직이는지 알아보고 시장 쪽의 움직임도 알아보도록. 로비우스의 일도 자세히 조사해 보고."

"예. 바로 조치하겠습니다."

샤갈은 일단 버나드 총관의 제안에 따르기로 했다. 위험요소는 최대한 배제하는 게 좋지 않은가.

"생각지도 못한 일로 신경 쓰게 만드는군."

엉뚱한 일로 마음을 쓰게 되는 게 샤갈로서는 못마땅했다. 이제 테세우스의 힘을 빌어 날개를 달 것이라 기대하고 있었는데 엉뚱한 일에 발목이 잡힌 셈이다.

"테세우스님께도 도움을 청해보시는 게 어떻겠습니까?"

"다른 일이라면 몰라도 레지스탕스와 관련된 것이라면 큰 도움은 되지 못할 것이네. 괜히 부담만 주는 격이지. 이제 막 가까워지려는데 그런 부담을 줘봐야 내겐 득이 안 돼."

샤갈은 버나드 총관의 제안을 단칼에 거절했다. 사람과의 관계에 있어서만큼은 샤갈이 한 수 위였다. 그는 도움을 줘야 할 때와 받을 때를 정확히 알고 있었다.

상대가 흔쾌히 도와줄 만한 일을 청할 때는 서로 유쾌하지만 상대가 부담을 느끼는 순간 그동안의 관계마저 위태로워질 수 있는 것이다. 어떻게든 잡아야 할 동아줄을 그런 식으로 날려 버릴 수는 없었다.

"참사관과의 관계는 그렇다 처도 시장을 견제할 수 있는 사람은 테세우스님뿐입니다. 테세우스님의 측근이 시장이 될 수도 있지 않습니까? 내년에 있을 시장선거에서 가장 유력한 후보는 아무래도 타우렌님이 아니겠습니까?"

"그도 그렇군. 지금은 참사관을 견제하는 것보다는 시장의 손발을 묶는 게 더 유용할 수도 있겠어."

테세우스의 직접 도움이 아닌 측근이라면 또 이야기가 달랐다. 테세우스로서도 부담이 덜하기 때문이다. 아르메니우스 시장을 견제하는 가장 좋은 방법은 그 자리에서 물러나게 만드는 게 아닌가.

타우렌 의원은 그 역할에 가장 적합한 인물이었다.

"이참에 타우렌님을 전폭 지원하는 것도 하나의 방법일 것입니다. 시민들의 마음을 움직이는 데 있어서 가주님께서는 가장 유리한 위치에 있으니 말입니다."

"후후. 그렇지. 내가 콜로세움에 반드시 서려 하는 것도 바로 그 이유지."

샤갈은 웃음 지었다. 시장을 만드는 사람들. 그 중심에 서 있는 자들이 바로 워리어스 양성가문이다. 시장을 선출하는 시민들을 가장 열광하게 만들 수 있는 자들 중 샤갈은 그 으뜸이 아닌가.

"가주님께서 타우렌님을 적극 지지하신다면 아르메니우스 시장도 뜨끔할 것입니다. 적어도 가주님께 함부로 하지는 못하겠지요."

"자네 말대로 하지. 일단 테세우스님께 상의를 드리고 타우렌 의원님도 찾아뵈어야겠어."

버나드 총관의 의견은 샤갈로서도 대만족이었다. 테세우스의 부담을 줄이면서도 아르메니우스 시장을 확실하게 견제할 수 있는 수단이었다. 비잔티움 제일의 워리어스 양성가문인 클라니우스 가문이 누구를 택하느냐에 따라 시장의 자리가 달라질 수 있다는 위기감을 심어줄 수만 있어도 이번 계획은 성공한 것이나 다름없었다.

“아낙수나문과 샤막의 문제도 빨리 처리하시는 게 좋습니다.”

“그래야겠지. 아낙수나문은 내일 날이 밝는 대로 심문하겠다. 그리고 샤막을 불러오도록.”

“예. 분부대로 하겠습니다.”

샤갈은 지금의 난관을 어떻게 헤쳐 갈지 대충 밑그림을 그릴 수 있었다. 어쩌면 이번의 위기는 커다란 기회가 될지도 모르는 일이었다.

*　　*　　*

늦은 시각. 샤막은 은밀히 부름을 받고 집무실로 왔다.

“가주님! 샤막을 데려왔습니다.”

“앉지.”

“예.”

샤막은 잔뜩 긴장한 채 앉았다. 이 시간에 은밀히 부른다는 게 뭘 의미하는지 알기 때문이다.

“지난번에 했던 이야기를 기억하고 있겠지?”

“물론입니다.”

샤막은 가슴이 철렁 내려앉았다. 반란을 일으킬 때까지 제발 부르지 않기를 바랐는데 결국 때가 된 것이다.

"조만간 네가 해주어야겠다."

"막시무스 가주 말입니까?"

"그렇다. 할 수 있겠느냐?"

"할 수 있습니다."

샤막은 자신있게 대답했다. 지금 못한다는 말은 할 수 없다. 그렇게 되면 자신은 곧바로 죽은 목숨이 된다.

"그놈을 제거한 후에는 네가 가고 싶은 대로 가도 좋다. 로비우스를 찾아가도 관계없겠지."

샤갈은 처음의 약속대로 자유를 주기로 했다.

"정말 자유를 주시는 겁니까?"

"물론이다. 단, 넌 이곳에서 도망친 것이다. 차후에 붙잡히더라도 내가 책임질 일은 없도록."

샤갈은 혹시 모를 뒷일까지도 확실하게 다짐을 받았다.

"물론입니다. 설령 붙잡히더라도 가주님과 관련된 것은 단 한 마디도 하지 않겠습니다. 저는 도망친 것입니다."

샤막도 샤갈이 원하는 대로 답을 해주었다.

"좋다. 수일 내로 다시 부르겠다. 누구에게도 발설해서는 안 된다. 알겠느냐?"

"예. 가주님."

"막시무스 그놈을 반드시 죽여야 한다."

"막시무스의 숨통을 끊어놓겠습니다."

샤막은 주먹을 불끈 쥐었다.

"기대하지. 가보거라."

"그럼 물러가겠습니다."

샤막을 돌려보내고 나자 샤갈은 남아 있던 부담도 덜어지는 느낌이었다. 이제는 모든 일이 순조롭게 진행되면 그뿐이다.

CHAPTER
05
마음은 이어진다

쫘아아악.

"꺄아아아악!"

클라니우스 가문의 훈련소는 이른 아침부터 채찍 소리와 비명 소리가 가득했다. 샤갈은 모두가 보는 앞에서 아낙수나문에게 채찍질을 했고 아낙수나문은 끔찍한 고통에 정신이 아득해졌다.

"감히 네게 베푼 배려를 이딴 식으로 되갚아? 쳐라!"

샤갈은 사나운 표정으로 소리쳤다.

쫘아아아악.

"아아아악. 잘못했어요. 용서해 주세요!"

쫘아아아악.

"아아아악!"

날카로운 채찍 소리와 함께 아낙수나문의 고통에 찬 비명이 울려 퍼졌다.

"크으으윽."

벨포스는 주먹을 움켜쥐고 이를 악물었다. 당장에라도 달려가 구하고 싶었지만 그렇게 되면 둘 다 죽게 된다. 지금은 아무것도 할 수 있는 게 없었다.

"벨포스!"

"예. 가주님!"

벨포스는 샤갈 앞에 섰다. 당장에라도 달려들고 싶었지만 온 힘을 다해 참는 중이다.

"내가 네게는 많은 것을 주었다고 생각하는데?"

"많은 것을 주셨습니다."

"그런데 이런 식으로 갚는 것이냐?"

"죄송합니다. 가주님."

벨포스는 고개를 숙였다. 사랑하는 아내가 고통받고 있지만 구해줄 수가 없다. 자신들은 노예이기 때문이다. 이렇게 행복은 언제든 부숴질 수 있는 것이다.

"저년은 일단 가둬라! 저녁에 다시 벌하겠다."

“예. 저년을 가둬라!”

피떡이 된 아낙수나문이 친위대에게 질질 끌려갔다.

“벨포스! 집무실로 와라!”

“예. 가주님.”

샤갈은 화가 안 풀렸는지 성큼성큼 걸어가 버렸다.

“여보…….”

끄덕.

아낙수나문이 힘겹게 벨포스를 부르지만 목소리는 들리지 않았다. 그저 눈빛만을 보낼 뿐이다. 벨포스가 그녀의 마음을 모를 리가 없다. 눈치채지 못하게 살짝 고개를 끄덕일 뿐.

“이… 이게 뭔 일이여? 설마 그 일 때문이여?”

로베르토는 뜬금없이 벌어지는 상황에 흥분을 감추지 못했다.

“아아. 나 때문이야. 나 때문에 부인이…….”

샤막은 쥴리아의 행방을 부탁했기 때문이라는 걸 알기에 스스로를 원망하고 있었다. 애꿎은 아낙수나문만 고통받게 된 것이다.

“으음. 일단 자세한 사정은 모르니까 진정들 하자. 가장 마음이 아픈 사람은 마스터니까.”

카시아스는 일단 둘을 진정시켰다. 지금은 흥분해 봐야 아무것도 할 수 없었다. 오히려 해만 될 뿐이다.

"부인에게 무슨 일이 생기면 난……."

피범벅이 된 아낙수나문의 모습에 샤막은 어쩔 줄을 몰라 했다.

"아무 일 없을 거야. 일단은 기다려 보자."

카시아스의 마음도 찢어지는 것 같았지만 이제 얼마 남지 않았다. 그때가 되면 적어도 타인으로 인해 삶이 망가지는 일은 없을 것이다.

집무실에는 굳은 표정의 벨포스가 서 있었다.

"벨포스!"

"예. 마스터!"

"과하다고 생각하나?"

"……."

벨포스는 아무 말도 할 수 없었다. 어찌 과하다뿐이겠는가. 아낙수나문은 사랑하는 아내였고 아이까지 임신 중이다. 그런 여인을 피범벅으로 만들어놓고 그렇게 묻는다면 주둥이를 찢어버리고 싶은 마음밖에 더 들겠는가.

"별일 아닐 수도 있겠지. 샤막의 사연이야 모르는 사람이 없고. 또 줄리아라는 여인을 수소문해 보는 게 죽을죄는 아니니까.”

샤갈은 표정을 풀고는 이야기를 시작했다. 모두가 보는 앞에서 채찍질을 시킨 것치고는 대수롭지 않은 반응이다.

“죄송합니다. 가주님. 부디 용서해 주십시오.”

벨포스는 울컥했지만 인내심을 최대한 발휘하는 중이다. 그렇게 별일 아니라면 이 사달은 다 무엇이란 말인가.

“모르겠느냐? 이 모든 게 널 살리려는 것이라는 걸.”

“그게 무슨 말씀이십니까? 제 아내를 때리고 벌하는 게 저를 살리는 것이라니요?”

벨포스는 도저히 이해할 수 없었다. 차라리 자신을 벌했다면 이렇게 비참하고 괴롭지는 않았을 것이다.

“난 아낙수나문이 줄리아를 수소문했든 안 했든 상관하지 않는다. 부탁을 받았다면 충분히 해줄 수도 있는 일이니까.”

“그럼 왜…….”

샤갈의 이야기에 벨포스는 더욱 화가 치밀었다. 넘어갈 수도 있는 일이었다면 왜 그렇게 고통을 줘야 했는지 알 수 없었다.

“어차피 아낙수나문은 모진 고문을 받다 죽게 되어 있다.”

샤갈은 고개를 저으며 말했다.

"그게 무슨 말씀이십니까?"

벨포스는 전혀 생각지도 못한 말에 가슴이 덜컥 내려앉았다. 이게 끝이 아니란 말인가. 더 심한 고초를 받다 죽게 된다니 받아들일 수가 없었다.

더욱이 샤갈의 어투는 자신이 그렇게 하겠다는 느낌이 아니었다. 마치 누군가가 그렇게 한다는 걸 의미하지 않는가.

"조만간 참사관이 데려갈 것이다."

"참사관이라니요? 왜 제 아내를……."

벨포스는 당혹스러웠다. 줄리아의 행방을 수소문한 것 때문에 그 대단한 참사관이 움직이는 이유가 무엇인지 알 수 없었다.

"어제 참사관이 왔다갔다. 아느냐?"

"들었습니다."

"왜 왔는지도 아느냐?"

"제 아내에게 줄리아와 관계된 일을 물었다고 들었습니다."

"참사관은 아낙수나문과 레지스탕스가 관련이 있다고 생각한다. 그래서 어젯밤에 온 것이다."

"그런 말도 안 되는……."

샤갈의 설명에 벨포스는 머리를 망치로 한 대 얻어맞은 기분이었다. 지금 아낙수나문이 벌을 받게 된 이유가 허락받은 자유를 핑계로 마음대로 돌아다녔기 때문이라 생각했다.

하지만 그 이유는 너무도 다른 것이다.

벨포스 역시 레지스탕스를 알고 있다. 카시아스와 연결되어 있다는 것도. 그런데 난데없이 아낙수나문이 그 혐의를 받게 되었다니 황당하기 짝이 없었다.

"물론 말도 안 되는 일이지. 하지만 참사관이 그렇게 의심한다면 결과가 나올 때까지 심문할 권한을 가지고 있다. 사실이 어떻든 그가 원하는 대답이 나올 때까지 아낙수나문은 지옥을 경험하게 될 것이다. 그리고 결국은 그가 원하는 답을 주겠지. 지옥에서 벗어나기 위해서. 그 결과를 아느냐?"

"그건……."

벨포스는 대답할 수 없었다. 아니, 알고 있었지만 차마 입밖에 낼 수 없었다. 참사관이 어떤 일을 하는지는 벨포스도 잘 알고 있었다. 이곳 세상에서 지낸 지도 오랜 세월이 지났기 때문이다.

대단한 귀족들도 참사관에게 걸려들면 패가망신하기 일쑤인데 노예인 아낙수나문이 무사하리라는 기대는 하지 않느니

만 못했다.

"아낙수나문의 입에서 네 이름이 나오는 순간 너 역시 끌려가 지옥을 맛보게 될 것이다. 그리고 우리 가문 역시 풍비박산이 나겠지. 사실 여부는 중요한 게 아니다. 참사관에게는 그럴 만한 힘이 있으니까."

샤갈은 아낙수나문이 얼마나 위험한 존재인지에 대해 말해주었다. 그녀의 한 마디 한 마디로 인해 인생이 뒤바뀔 사람들이 숱하게 나올 수도 있는 것이다.

"그럼 아낙수나문은… 어찌할 생각이십니까?"

벨포스도 아낙수나문의 처리가 이미 샤갈의 손에서 벗어났다는 걸 깨달았다. 아무리 빌어도 어쩔 수 없다는 것도.

"참사관이 레지스탕스로 의심하는 자는 둘이다. 아낙수나문과 샤막. 그 둘을 연결점이라 생각하고 있다."

"말도 안 되는 일입니다."

벨포스는 강하게 부정했지만 이미 사실 여부는 중요하지 않았다. 샤갈도 그들을 의심하지는 않는다. 다만 참사관에게 빌미를 줄 여지를 없애고 싶을 뿐이다.

"알고 있다. 하지만 일이 그렇게 돌아가고 있다. 시장이 참사관을 움직였고 그 시장을 로비우스가 움직였지. 그리고 이 모든 사달의 원인을 제공한 건 막시무스다."

샤갈은 벨포스에게 모든 사실을 말해주었다. 벨포스는 이 곳에서 필요한 존재이기 때문이다. 자신이 어쩔 수 없었다는 것으로 그의 원망을 돌릴 셈이다.

"그, 그런……."

벨포스의 가슴은 짓눌리는 느낌이었다. 샤갈의 말대로라면 아낙수나문을 구할 방법이 없는 것이다.

"이미 벌어진 일이다. 아낙수나문은 내가 구할 방법이 없다. 너라도 구하기 위해서는 참사관보다 먼저 쳐내는 수밖에."

샤갈은 아낙수나문을 공개적으로 벌한 이유를 말해줌으로써 벨포스에게 원망을 듣지 않을 구실을 마련했다.

"가주님! 제발!"

벨포스는 애원했지만 아무런 효과도 없었다.

"모질다고 생각하겠지만 너를 살리기 위해서는 그 길밖에 없다. 저녁에 처형시킬 생각이니 그때까지 곁에 있을 수 있도록 허락하마."

샤갈은 마지막으로 둘이 함께 보낼 수 있는 시간을 허락했다. 그것으로 아낙수나문과의 관계를 끊을 수만 있다면 샤갈에게는 더없이 좋은 일이다.

"가주님!"

"나가보거라!"

“물러가겠습니다. 크윽.”

벨포스는 하는 수 없이 돌아서야 했다. 샤갈의 손을 벗어난 일인만큼 애원해도 소용이 없다는 걸 알기 때문이다.

*　　*　　*

“카시아스! 가주님께서 부르신다.”

친위대원이 카시아스를 찾았다.

“다녀올게. 마음 단단히 먹고 있어.”

카시아스는 샤막을 위로하고는 집무실로 향했다.

“부르셨습니까?”

“갈라파고스 가문에 갈 테니 준비해라.”

“저 혼자 말입니까?”

“테세우스님께서 네 검술을 좋아하시지 않느냐? 오늘은 그분께 부탁할 일도 있으니 최선을 다해야 할 것이다. 알겠느냐?”

“예. 가주님.”

카시아스의 입꼬리가 살짝 올라갔다. 그렇지 않아도 갈라파고스 가문에 갈 기회만 기다리고 있었는데 생각보다 빨리 온 것이다.

＊　　　＊　　　＊

“어서 오게. 참사관은 무슨 일로 왔는가?”

테세우스는 걱정스러운 표정으로 샤갈을 맞았다. 그 역시 시리우스의 갑작스러운 방문에 대해서는 전혀 모르고 있었기 때문이다.

“그 때문에 상의드리고자 이렇게 왔습니다. 그전에 카시아스의 검술을 보여 드리고자 데리고 왔습니다.”

샤갈은 일단 테세우스가 좋아하는 선물을 먼저 주기로 했다. 거래라는 게 그런 것이 아닌가.

“무슨 일인지 궁금해서 안 되겠네. 검술은 나중에 보기로 하지. 카시아스는 쉼터에서 쉬고 있거라.”

“예. 테세우스님.”

테세우스는 카시아스를 쉼터로 보내고는 샤갈을 접견실로 따로 안내했다.

“그래. 무슨 일인가?”

“참사관이 제가 데리고 있는 노예들을 레지스탕스와 관련이 있다고 생각한 모양입니다.”

샤갈은 시리우스와 있었던 일들에 대해 이야기를 시작했다.

"레, 레지스탕스와? 그게 대체 무슨 소린가?"

레지스탕스라는 말에 테세우스는 가슴이 철렁 내려앉았다. 지금 클라니우스 가문에서는 반란이 준비 중이었고 시리우스가 혹시라도 그 사실을 조금이라도 알고 있는지도 몰랐기 때문이다.

"저도 황당했습니다. 레지스탕스라니."

샤갈은 어이없다는 표정을 지으며 불평했다.

"참사관이 의심하는 근거는 무엇인가?"

테세우스는 꽤나 진지했다. 시리우스가 뭔가 수상한 점을 발견한 것인지도 모르는 일이다. 만일 그렇다면 어떻게든 레지스탕스와 연결될 가능성도 배제할 수는 없었다.

"시장 때문입니다."

"시장?"

뜬금없는 말에 테세우스는 고개를 갸웃했다. 레지스탕스와 시장은 아무런 관련도 없었기 때문이다.

"이번에 갈라파고스 가문이 우승한 일로 시기하는 곳들이 있습니다. 오로도스 가문이 특히 그렇지요."

"오로도스 가문이라면… 그럴 만하겠지. 그런데 그것과 레지스탕스가 무슨 관련이 있는가?"

"막시무스가 이번 일에 앙심을 품고 저를 모함한 것입니다. 마침 로비우스와 악연이 있는 샤막을 빌미로 누명을 씌운 것입니다."

샤갈은 시리우스가 레지스탕스로 의심하게 된 이유에 대해서 거론했다.

"자세히 듣고 싶군."

테세우스도 혹시라도 수상한 점이 드러난 부분은 없는지 알기 위해 샤갈이 어떻게 알고 있는지 듣기로 했다. 샤갈의 이야기 속에서 혹시라도 시리우스가 뭔가를 발견할 수도 있기 때문이다.

"실은 샤막의 옛 여인이……."

샤갈은 쥴리아와 관련된 이야기를 시작했다. 이 부분은 사실 테세우스가 더 자세히 알고 있었다. 샤갈은 쥴리아가 없어진 것만 알지 그 이후에 대해서는 전혀 모르기 때문이다.

하지만 테세우스는 쥴리아가 지금 어떤 상황에 놓여 있는지까지 모두 알고 있었다. 다만 혹시라도 허점이 노출되지는 않았는지 샤갈을 통해 확인할 뿐이다.

"으음. 그런 일이 있었군. 막시무스는 로비우스의 원한을 이용해 부추겼고 시장은 제 욕심을 채우고자 자네를 모함한 것이란 말인가?."

"바로 그렇습니다."

샤갈의 이야기가 끝나자 테세우스는 내심 안내했다. 레지스탕스와 관련된 직접적인 증거는 단 하나도 없지 않은가. 그저 서로간의 권력투쟁의 일환으로 이런 일이 벌어진 것이다.

테세우스로서는 무척 다행스러운 일이었다. 하지만 밖으로 드러내지는 않았다.

"거참. 야비한 자들이로군. 쯧쯧."

테세우스는 시장과 그 일파를 싸잡아 비난하며 혀를 찼다.

"참사관은 어떻게든 돌려보냈지만 조만간 다시 찾아올 것입니다. 그 때문에 아예 추궁할 여지를 없앨까 합니다."

"어떤 식으로?"

테세우스는 과연 샤갈이 어떤 선택을 할지 궁금했다. 비록 직접적인 관련은 없다고 해도 참사관이 한 번 의심을 품게 된다면 꽤나 시달릴 수 있기 때문이다.

"일단은 이번 일에 관련된 노예들을 처리해야겠지요."

"아낙수나문이라면 마스터 벨포스의 짝이 아닌가?"

"그렇습니다."

"벨포스에게 큰 타격이 될 텐데? 자네에게 많은 도움을 주는 자가 아닌가?"

테세우스의 표정이 살짝 찌푸려졌다. 마스터 벨포스에 대해서는 꽤나 좋은 인상을 가지고 있는 탓이다. 가능하면 벨포

스를 데려와 갈라파고스 가문의 워리어스들을 훈련시키기를
바랄 정도로 벨포스는 워리어스들을 키워내는 데 탁월한 재
능이 있었다.

만일 아낙수나문을 그런 식으로 쳐내 버린다면 벨포스를
얻는 건 불가능한 일이다.

"레지스탕스로 몰릴 바에는 그편이 낫지 않겠습니까?"

"으음. 이러면 어떻겠는가?"

테세우스는 잠시 생각에 잠기더니 이내 입을 열었다. 샤갈
의 방법보다는 다른 길을 제안하기 위함이다.

"좋은 고견이 있으시면 말씀해 주십시오."

"벨포스는 나로서도 탐이 나는 자네. 만일 그 짝을 죽인다
면 더 이상 써먹기는 힘들겠지."

"어쩔 수 없는 일이지요."

"아낙수나문을 내게 보내게."

테세우스는 생각지도 못한 제안을 했다. 샤갈로서도 전혀
예상하지 못한 일이다. 벨포스를 잠시 빌려달라고 한다면 모
르겠지만 이제 처형시킬 아낙수나문을 달라고 할 줄은 몰랐
던 것이다.

"여기로 말입니까?"

샤갈은 뜻밖의 이야기에 살짝 당황했다.

"그렇네. 참사관에게야 처리했다고 하면 될 일. 내 집

을 뒤질 수는 없을 테니까. 그럼 자네의 고민도 해결되고 벨포스도 계속해서 자네에게 힘이 될 게 아닌가? 물론 수시로 이곳에 보내 내 워리어스들을 훈련시킬 수도 있겠고.”

테세우스는 그럴듯한 이야기를 했다. 충분히 일리가 있었다. 벨포스의 마음을 잃지 않으면서 실리는 그대로 챙길 수 있는 묘책이 아닌가. 물론 지금처럼 매일 밤을 함께 보낼 수는 없겠지만 아낙수나문의 목숨을 살리는 것만으로도 벨포스는 크게 감동하게 될 것이다.

“정말 그렇게 해주시겠습니까?”

샤갈도 테세우스의 제안이 나쁘지는 않았다. 오히려 골머리를 앓던 부분이 낫는 기분이었다.

“물론이네.”

테세우스는 적극적이었다.

“테세우스님께서 도와주신다면야 저로서도 반대할 이유가 없지요. 하지만 샤막은…….”

아낙수나문에 대한 처리가 순조롭게 되자 이번에는 샤막이 거슬렸다. 사실 샤막을 막시무스에게 자객으로 보내는 건 샤갈에게도 커다란 모험이었다.

“샤막도 내게 보내게. 뭐, 핑계는 적당한 걸로 둘러대고. 정 안 되면 내 이름을 팔면 될 것이네.”

　테세우스는 샤막의 문제에 대해서도 흔쾌히 수락했다. 제아무리 참사관이라고 해도 감히 갈라파고스 가문을 마음대로 수색하는 일은 할 수 없다.

　물론 테세우스에게 레지스탕스와 관련된 혐의가 있다면 모르겠지만 그 외에는 불가능한 일이다.

　"테세우스님. 정말 감사드립니다."

　가장 큰 고민거리들이 말끔히 해결되자 샤갈은 날아갈 것처럼 상쾌한 기분이 되었다. 갈라파고스 가문과 연을 맺은 것이 이렇게나 큰 도움이 될 줄 어찌 알았겠는가.

　"감사는 무슨. 자네가 내게 해준 것에 비하겠는가?"

　테세우스는 대수롭지 않게 반응했다.

　"그리고… 감히 청이 있습니다."

　"말해보게. 뭐든지."

　"타우렌님과의 자리를 마련해 주십시오."

　샤갈은 이제 다음 단계로 넘어가기로 했다.

　"타우렌님과?"

　테세우스는 의아한 듯 물었다.

　"내년 시장선거가 있지 않습니까? 미천하나마 제가 가진 모든 걸 동원해 그분을 지원해 드리고 싶습니다."

　샤갈은 자신의 뜻을 피력했다. 샤갈이 적극적으로 지지하고 나선다면 타우렌에게도 분명 큰 힘이 되는 일이다.

“오호라! 아르메니우스를 떨어뜨리겠다?”

테세우스는 샤갈의 의도를 바로 간파했다.

“테세우스님께서 도와주신다면 가능하리라 생각합니다. 시장을 뽑는 건 시민들이 아닙니까? 그리고 시민의 마음을 가장 흔들 수 있는 건 워리어스입니다. 갈라파고스 가문을 제하면 비잔티움에서 가장 영향력 있는 가문이 클라니우스 가문이라 자부합니다. 반드시 시민들의 마음을 움직여 타우렌님을 지지하도록 만들겠습니다.”

샤갈은 내년 선거에서 타우렌이 시장이 될 수 있도록 적극 돕겠다는 뜻을 표했다. 테세우스에게나 타우렌에게나 득이 되면 됐지 해가 되는 일은 아니다.

“하하하. 타우렌님이 들으면 기뻐하겠군. 자네와의 자리를 마련함세. 서로 좋은 일 아닌가?”

테세우스는 예상대로 샤갈의 청을 들어주었다. 아무런 부담도 없고 득만 생기는 일을 거절할 사람은 없다.

“감사드립니다. 테세우스님.”

샤갈의 표정이 한결 밝아졌다.

“그럼 아낙수나문과 샤막은 내 뜻대로 하겠는가?”

“물론입니다. 거듭 감사드립니다.”

“아무래도 내가 참사관을 한번 만나봐야겠군. 자넬 그리 괴롭히도록 놔둘 수야 없으니까.”

테세우스는 샤갈의 호의에 응하는 차원에서 그에게 힘을 실어주기로 했다. 반란까지는 아직도 한 달이 조금 넘게 남아 있다. 그 안에 시리우스가 클라니우스 가문을 들쑤시고 다니는 건 위험한 일이다.

적어도 반란이 성공할 때까지는 클라니우스 가문은 지금처럼 돼야 했다.

"이 은혜 잊지 않겠습니다."

"은혜는 무슨. 다 잘 해결될 테니 자네도 걱정하지 말고 평소처럼 하면 될 것이네."

"예. 테세우스님."

이곳에 오는 내내 가졌던 마음의 짐은 이제 말끔히 사라졌다. 문제는 모두 해결되었고 이제 반격의 차례만 기다리면 되는 것이다.

*　　*　　*

한편 쉼터에서는 여느 때처럼 일리나가 카시아스를 기다리고 있었다.

"그렇지 않아도 연락하려던 참이었는데 잘 왔어."

일리나는 반갑게 카시아스를 맞았다. 카시아스에게 해줄 이야기들이 많았기 때문이다.

“지난번에 부탁한 일은?”

“그게…….”

일리나는 막상 말하려다가는 쉽사리 대답하지 못했다. 그녀의 표정은 무척 어두웠다.

“아직인 건가?”

카시아스는 뭔가 불길한 느낌을 받았지만 애써 떨쳐 버렸다.

“뭐라고 말해야 할지 모르겠어.”

일리나는 카시아스의 표정을 살피며 꽤나 조심스러워했다.

“무슨 일이… 있는 건가?”

카시아스는 뭔가 일이 잘못되었다는 걸 직감했다. 전하기 힘든 소식이라는 건 일리나의 표정만 봐도 알 수 있었다.

“일단 샤막과 관련된 부탁은 우리로서도 최선을 다했어. 그런데… 이미 늦었어.”

일리나는 힘겹게 이야기했다.

“늦다니? 무슨 말이지?”

“샤막의 아이는… 우리가 갔을 때는 이미 죽었어. 태어난 지 얼마 되지 않아 죽었대. 사실 보지도 못했지. 벌써 몇 달 전에 죽었으니까.”

일리나는 샤막의 아이에 대해서 말해주었다. 그 생각을 하면 일리나 역시 가슴이 찢어지는 느낌이었다.

"어떻게?"

"아무도 돌봐주지 않으니 그냥 방치된 거지."

"그럼… 굶어죽었다는 건가?"

카시아스의 목소리가 떨렸다. 태어난 지 얼마 되지도 않은 아이가 굶어죽는다니 상상조차 되지 않았다.

"그래."

일리나는 고개를 끄덕였다.

"이, 이런 짐승만도 못한 놈이……."

카시아스의 눈에서는 살기가 번뜩였다. 제아무리 짐승 같다고 해도 어찌 이럴 수가 있단 말인가. 카시아스는 로비우스를 직접 본 일이 없다. 하지만 알 수 있을 것 같았다.

어디선가라도 마주친다면 분명 알아보게 될 것이다, 그 비열하고 천박한 짐승을.

"샤막에게는 말하지 않는 편이 좋겠어. 적어도 그곳에서 나올 때까지는. 지금 알게 된다면 아마 못 견딜 거야."

"후우우. 그래야겠지. 그럼 줄리아는?"

카시아스는 긴 한숨을 내쉬었다. 말해주고 싶어도 할 수 없었다. 도저히 전할 용기가 나지 않았다. 샤막 역시 그동안의 인내해 왔던 모든 게 무너질지도 몰랐다.

"쥴리아를 데려오기는 했는데 상태가 위독해. 의사 말로는 며칠 못 간다고 했는데 지금까지는 숨이 붙어 있어. 하지만 오늘내일하는 상황이야. 그동안 받았던 학대와 고통 때문에 이미 몸은 망가진 지 오래야. 폐병에 성병까지 너무 깊어."

일리나는 쥴리아의 상태에 대해서도 솔직하게 말해주었다. 어차피 알게 될 일이 아닌가.

"지독한 놈! 어떻게 사람을 그 지경으로……."

카시아스는 이어지는 쥴리아의 소식에 머릿속이 아득해지는 느낌을 받았다. 이건 도저히 사람이 할 수 있는 짓거리가 아니다. 샤막이 앞으로 받게 될 고통을 생각하면 가슴이 찢어지는 기분이다.

과연 샤막이 이 엄청난 일들을 받아들이고 감내할 수 있을지 자신할 수 없었다.

미치지 않으면 다행이리라. 그나마 지금의 짝인 리아가 옆에 있다는 것이 위안이랄 수 있었다.

"다음 시합 전까지라면 적어도 한 달은 지나야 실행하겠지? 그때쯤이면 쥴리아라는 여인은 살아 있지 못할 거야. 아니, 오늘 당장 죽는다고 해도 이상하지 않을 정도야."

일리나는 샤막이 맞이할 수밖에 없는 비극에 대해서 말해 주었다. 설령 반란에 성공한다고 해도 샤막은 아이는 물론 사랑했던 여인 줄리아조차 볼 수 없다.

새로운 인생을 시작하는 게 그를 위해서도 나은 일인지 모른다.

"아무튼 고맙다. 부탁을 들어줘서."

카시아스는 진심으로 감사했다. 사실 처음에는 레지스탕스에 대해서 그리 신뢰하지 않았다. 마나 속박의 비밀에 대한 욕심에 그저 좋은 말만 해주는 것이라 생각했는데 자신이 했던 부탁을 이렇게 빨리 들어준 것을 보니 적어도 신뢰할 수 있는 자들이라는 느낌을 받게 된 것이다.

"공짜도 아닌데 고맙긴. 그리고 찾아달라는 두 명의 여인에 대해서도 노력 중이야. 일단 각 지부에 통보했으니까 소식이 올 거야. 아직까지는 진전은 없어."

세르게이의 딸과 공주에 대해서는 아직 소식이 없는 듯했다.

"아무래도 날짜를 앞당겨야 할 것 같아."

카시아스는 반란을 서두르기로 했다. 이곳에 오려고 했던 이유도 그 때문이다. 근래에 벌어지는 일들과 아낙수나문, 그리고 샤막을 생각해서라도 한 달 넘는 시간을 마냥 흘려보낼 수는 없었던 것이다.

“그럼 마나가 너무 부족하지 않아?”

“그렇긴 한데 상황이 급박하게 돌아가고 있어.”

“무슨 상황?”

일리나는 너무 서두르는 모습에 걱정스러웠다.

“쥴리아를 구한 일로 클라니우스 가문이 레지스탕스로 의심받고 있나 봐. 그 때문에 함께해야 할 사람들이 위험해졌어. 그 외에도 또 어떤 예상치 못한 일들이 생길지 알 수 없으니 서두를 수밖에. 이미 결정한 일이야.”

카시아스는 이미 마음의 결정을 내린 듯했다.

“뭐? 그럴 리가?”

일리나는 클라니우스 가문에서 벌어진 일들에 대해서 아직은 모르는 듯했다.

“어떻게 된 영문인지는 나도 잘 몰라. 샤막의 말로는 오로도스 가문에서 그걸 빌미로 모함한 거라는데 이유야 어찌 되었든 참사관이 주시하고 있다면 반란은 힘들어져. 그래서 무리를 하더라도 앞당길 생각이야. 쥴리아의 상태를 보더라도 하루라도 빠른 게 좋을 것 같고.”

“성공하지 못하면 아무 의미도 없다는 것 알지?”

일리나는 카시아스가 걱정되기도 했지만 그로 인해 마나 속박의 비밀이 묻히는 것도 걱정해야 했다. 수백 년 간의 염원을 이대로 포기할 수는 없기 때문이다.

“물론.”

카시아스는 확실하게 대답했다.

“성공할 자신은 있는 거지?”

“해봐야 알겠지. 하지만 반드시 성공할거야.”

“의지만으로 되는 일이 아니야.”

“다들 최강의 워리어스들이야. 비록 마나 수련이 부족하기는 해도 누구보다 싸움에 도가 튼 자들이지. 그 정도의 약점은 충분히 극복할 수 있을 거야.”

카시아스는 클라니우스 가문을 벗어나는 일에 대해서는 자신했다. 그동안 수도 없이 호흡을 같이 해온 워리어스들이 아닌가. 비록 마나는 부족할지 몰라도 기술과 팀워크만큼은 누구도 따라오지 못하리라 자신하고 있었다.

더욱이 지금 카시아스는 이 세상으로 넘어오기 전의 무위를 넘어섰다. 적어도 친위대 중에서 카시아스를 당할 상대는 없는 셈이다. 물론 다른 사람들을 보호해야 하는 입장이기에 무작정 나설 수는 없었지만 카시아스는 자신하고 있었다.

“네가 죽어버리면 우리의 염원도 같이 묻히는 거야.”

일리나는 카시아스를 믿으면서도 걱정되었다.

“약속은 지킨다. 반드시! 레지스탕스에 마나 속박에서 벗어나는 방법을 전해줄게.”

카시아스는 확신에 찬 눈빛으로 약속했다. 만일 반란이 실패하고 모두 죽게 되는 순간이 온다면 제 한 몸 빼낼 능력은 된다. 살기 위해서가 아니라 레지스탕스와의 약속을 지킨 후 곧장 소환진 아티나로 향할 생각이었다.

홀로 살아남는다면 그곳에서 최후를 맞이한다는 게 카시아스의 생각이었다.

"알았어. 그럼 언제쯤 실행할 건데?"

일리나는 카시아스를 설득할 수 없다는 것을 깨달았다. 그렇다면 이제는 돕는 길뿐이다.

"삼 일 후!"

"그렇게 빨리?"

너무 빠르다. 그 많은 인원이 비밀리에 자취를 감추기 위해서는 많은 준비가 필요하다. 모두의 눈을 속이고 레지스탕스 지부까지 무사히 당도하기 위해서는 수많은 동료의 도움이 있어야만 가능하기 때문이다.

"우리가 성공하면 지낼 곳을 마련해 줘."

"알았어. 준비해 둘게."

"고마워."

"성공하기를 바랄게."

카시아스와 일리나는 손을 맞잡았다. 어쩌면 이게 마지막이 될지도 모른다.

쪼옥.

일리나의 입술이 카시아스의 입술에 가볍게 닿았다.

"일, 일리나!"

카시아스는 순간 당황했다.

"다시 만나야 하는 거 알지? 그 약속이야."

"그래. 꼭 다시 만나자!"

카시아스와 일리나는 그렇게 한동안 서로를 응시하며 마음을 나눴다.

CHAPTER
06

노예이기 때문이다

이른 아침 로비우스는 잠결에 체포되어 시경비대 취조실로 끌려왔다. 곤히 자던 그에게는 생각지도 못한 일이었다.

"이게 무슨 짓들이오? 경비대장! 내가 누군지 모르시오?"

로비우스는 고래고래 소리를 질렀다. 경비대장 그란투스와는 수도 없이 술자리를 같이한 사이가 아닌가. 은밀한 파티에도 여러 차례 초대해 즐기게 해주었기에 로비우스는 어떻게든 이 상황을 모면하기 위해 애를 썼다.

“그 목 달아나고 싶지 않거든 조용하는 게 좋을 것이
야.”

로비우스의 바람과는 달리 그란투스는 엄한 목소리로 으
름장을 놓았다. 인정으로 봐주기에는 참사관에게 바짝 얼어
있었기 때문이다.

“대체 나한테 왜 이러시오?”

“난들 아나? 나야 시키니까 하는 일이지. 괜히 나한테 원한
갖지 말고.”

그란투스도 로비우스를 무작정 잡아들인 일로 마주 대하
기 곤혹스러웠지만 지금은 그런 감정 따윌 가질 상황이 아니
었다. 참사관의 분위기로 봐서 무척이나 화가 나 있다는 걸
알고 있기 때문이다.

“설마 참사관님이 시킨 일이오?”

“그럼 나한테 이런 일 시킬 사람이 참사관 말고 또 있겠느
냐? 에잉. 나도 뭐가 뭔지.”

그란투스도 답답했는지 툴툴거렸다. 사실 그도 로비우스
를 잡아들인 이유를 전혀 몰랐다. 그저 잡아오라니 잡아온 것
뿐이다.

“뭔가 잘못되었소. 내게 이럴 수는 없단 말이오.”

로비우스는 왜 자신이 잡혀와야 하는지 전혀 이해할 수가
없었다. 어제만 해도 아르메니우스 시장과 함께 참사관과 많

은 이야기를 나누지 않았던가.

이곳에 잡혀와야 할 사람은 자신이 아니라 샤갈이라야 맞는 것이다. 로비우스는 지금의 상황이 너무나 뜬금없게 다가왔다.

"네놈에게 이럴 수 있는지는 참사관님 오시면 물어보고. 아무튼 조심해야 할 게다. 얼마 전에 여기서 네놈처럼 억울하다며 소리치던 놈들 중에 살아 숨쉬는 놈이 없으니까."

그란투스는 나지막한 목소리로 주의를 주었다. 근래에 참사관의 심기를 건드려 참수당한 병사들이 어디 한둘이던가. 피의 제전 때 보초를 섰던 병사 대부분은 이미 이 세상 사람이 아니었다.

하물며 로비우스쯤은 참사관에게는 그야말로 파리 목숨이나 다름없었다.

"그, 그게 무슨 말이오?"

로비우스는 가슴이 덜컥 내려앉았다. 아무래도 뭔가 크게 잘못 걸렸다는 느낌이 강하게 들었다.

"죄다 참수당했거든."

"허억. 시, 시장님을 불러주시오."

로비우스는 기겁을 하며 이번에는 아르메니우스 시장을 찾았다. 참사관과 대면해 봐야 좋은 결과가 나올 것 같지는 않았기 때문이다.

"안 된다니까? 그랬다간 내 모가지가 달아난단 말이다. 그러니 잠자코 있거라. 곧 오실 테니."

"이, 이런 미친!"

로비우스는 그야말로 미치고 팔짝 뛸 노릇이다. 왜 자신이 이런 취급을 받아야 하는가. 이번 기회에 샤갈에게 물을 먹이고 샤막을 빼앗아올 생각이었는데 완전히 엉뚱한 방향으로 흘러가고 있었다.

철컹.

"참사관님! 오셨습니까?"

이때 시리우스가 철문을 열고 들어왔다. 그의 표정은 보는 사람을 오싹하게 만들 만큼 차가웠다.

"참사관님! 이게 무슨 경우입니까? 이미 우린 이야기가 끝난 걸로 알았는데 대체 왜 이러십니까?"

시리우스가 들어오자 로비우스는 억울한 듯 언성을 높였다. 분위기 파악을 전혀 못하는 듯하다.

"경비대장!"

"예. 참사관님!"

시리우스의 나지막한 목소리에 그란투스는 잔뜩 기압이 든 목소리로 대답했다.

"자네 아무래도 그 모가지가 무거운 모양이야."

시리우스의 차가운 눈빛이 그란투스를 향했다.

"히익. 무, 무슨 말씀이신지……."

그란투스는 잔뜩 얼어서는 벌벌 떨었다. 시리우스가 얼마나 무자비한 인물인지 잘 알기 때문이다. 보초를 서던 경비뿐만 아니라 부장급 기사들까지도 이미 여러 명이 목이 잘린 상황이 아닌가.

"내가 들어올 때까지 고분고분 묻는 말에 대답할 수 있도록 만들어놓는 게 자네 할 일 아니었나? 그 자리에 있는 게 귀찮아졌으면 지금 말하지. 쉽게 해줄 테니까. 영원히!"

시리우스는 로비우스가 길길이 날뛰는 모습이 꽤나 불만이었던 모양이다. 그 화살은 그란투스에게로 향했다. 시리우스의 한마디면 그란투스는 언제든 생을 달리할 운명이었다.

"가셔서 차 한 잔만 하고 계십시오. 제가 말끔하게 준비해놓고 모시러 가겠습니다."

그란투스는 비장한 표정으로 말했다.

"그래? 차 한 잔이면 충분한가?"

시리우스는 그란투스의 그런 모습에 조금은 만족하는 듯 보였다.

"물론입니다. 차고도 넘칩죠."

"그럼 기대하지."

철컹.

시리우스는 다시 밖으로 나갔다.

"참사관니이임! 잠시 내 얘기 좀……."

시리우스가 아무런 조치도 없이 나가 버리자 로비우스는 고래고래 소리를 지르며 부르기 시작했다.

우지끈.

"끄어억. 이, 이게 무슨 짓……."

엄청난 고통이 허벅지에 전해졌다. 그란투스의 손에는 팔뚝보다 두꺼운 몽둥이가 들려 있었다.

퍼어억.

"크헉."

몽둥이가 사정없이 내려꽂혔다. 허벅지며 가슴이며 어깨 할 것 없이 마구잡이로 내려쳐지고 있었다. 그란투스는 한마디 말도 없이 그저 몽둥이를 휘두를 뿐이다.

투두둑.

그란투스는 몽둥이를 바닥에 던졌다.

"지금부터 조진다! 숨만 붙여놔라! 아니면 네놈들 모조리 참수시킬 것이다. 알겠느냐?"

"옙!"

그란투스는 취조실에 있는 병사들을 향해 엄한 목소리로

소리쳤다. 병사들은 잔뜩 기압이 들어서는 몽둥이를 꽉 쥐었
다.

"조져!"

퍽! 퍼퍼퍽!

"끄아아아악!"

너나 할 것 없이 병사들은 로비우스를 쥐패기 시작했다.
쥐패지 못하면 자신들이 죽는다. 이미 병사들이 참수당하
는 걸 숱하게 봐왔기에 병사들은 필사적으로 때리기 시작
했다.

철컹.

잠시 후 시리우스가 다시 철문을 열고 들어왔다.

"참사관님! 무엇이든 물으시지요. 바로 대답할 것입니다."

그란투스는 제법 자신있게 말했다.

"어디 볼까? 어이! 로비우스!"

"예… 옙."

시리우스의 부름에 로비우스는 얼른 대답했다. 조금 전과
는 확연히 다른 모습이다.

"이번 사건 말이야. 누가 꾸몄나?"

시리우스는 태연한 목소리로 물었다.

"꾸, 꾸미다니요? 저는 억울합니다."

로비우스는 고개를 휘저으며 하소연했다.

찌릿.

순간 시리우스의 날카로운 눈빛이 그란투스를 향했다.

"이, 이 새끼가 끝까지! 그거 가져와!"

퍽! 퍼퍼퍽!

"끄으으으윽."

그란투스는 시리우스가 보는 앞에서 무자비하게 몽둥이찜질을 시작했다.

"죽어! 뒈져!"

퍽! 퍼퍼퍽!

때리면서 흥분한 것일까. 그란투스는 마치 발광하는 사람처럼 정신없이 두들기며 소리쳤다.

"꺼어어억. 그, 그만……."

로비우스는 얼마나 고통스러웠던지 게거품을 물며 애원하기 시작했다.

"그만하지."

"옙."

시리우스의 손이 올라가자 그란투스는 반사적으로 멈추었다.

"누가 꾸몄나? 누군가 클라니우스 가문의 노예계집과 엮었을 것 아냐? 내가 몰라서 묻는 게 아냐. 그냥 확인하는 거지."

"막, 막시무스 가주입니다."

이번 물음에는 로비우스도 즉각적으로 대답했다. 괜히 버텨봐야 손해라는 걸 절실히 깨달은 모양이다.

"거봐! 결국 말할 거잖아. 왜 좋은 말 할 때 가만히 있다가 때려야 말을 듣는지 원."

시리우스는 로비우스의 달라진 태도에 흡족했다. 이렇게 술술 분다면 얼마나 좋겠는가.

"제가 데리고 있던 계집을 빼앗긴 건 사실입니다요. 제발!"

"네깟 놈이 계집 몇을 데리고 있든 관심 없고. 레지스탕스라고 우긴 건 나를 이용해 보겠다는 속셈이었나?"

"죽, 죽을죄를 지었습니다요."

로비우스는 결국 용서를 빌 수밖에 없었다. 레지스탕스야 그저 가져다 붙인 것이지 로비우스 역시 샤갈이 레지스탕스라는 생각을 해본 일은 없었다. 막시무스와 시장의 꼬임에 넘어가 레지스탕스를 들먹인 것뿐이다.

참사관을 움직이기 위해서는 레지스탕스가 관련될 필요가 있었기 때문이다.

"죽을죄를 지었으면 죽어야지."

"한 번만 살려주십시오. 지난번 약속드린 대로 제가 도울 수 있는 건 최대한 돕겠습니다요."

로비우스는 정말 죽을 수도 있다는 생각에 필사적으로 매달렸다. 시리우스의 마음을 돌리지 못한다면 살아남을 수 없다는 걸 잘 알고 있었다. 지금은 시장조차도 자신을 구해줄 수 없는 상황이다.

"내가 네놈 따위 도움이 필요할 것 같나?"

"제발! 시장님을 봐서라도 용서해 주십시오."

"이놈이 아직 정신을 못 차렸군. 제대로 한번 당해보고 싶으냐?"

시리우스의 눈빛이 더욱 매서워졌다.

"아, 아닙니다요. 다 말하겠습니다요. 뭐든지 물어주십시오."

로비우스는 기겁을 했다. 말 한 번 잘못했다가는 그야말로 골로 간다는 걸 온몸으로 느끼고 있었다.

"피의 제전 때 말이야. 기억하지?"

"옙. 저도 구경하고 있었습니다요."

"레지스탕스가 습격할 거란 건 어떻게 알았지?"

시리우스는 로비우스의 눈을 똑바로 바라보며 물었다. 혹시라도 거짓을 말한다면 곧바로 응징할 셈이었다.

"그게 무슨……."

로비우스는 뜬금없는 질문에 말문이 막혔다. 지금 자신을

잡아온 이유가 거짓말을 해서라고만 생각했는데 레지스탕스
와 엮으려 하는 게 아닌가.

"레지스탕스가 습격할 때에 맞춰 샤막을 공격하지 않았
나?"

"그건… 우연이었습니다요."

로비우스는 고개를 세차게 저으며 말했다. 샤갈을 모함하
려다 오히려 자신이 함정에 빠진 꼴이다. 시리우스를 설득
하지 못한다면 정말로 레지스탕스로 몰려 죽게 될지도 몰랐
다.

"우연이라……. 세상에 우연은 없다는 걸 모르는군. 경
비대장! 숨만 붙여놓으면 된다. 나머지 한쪽 팔을 자르든
다리를 자르든 알아서 하도록! 단, 주둥이는 남겨두도
록!"

"옙! 참사관님!"

시리우스는 로비우스의 입에서 만족스러운 대답이 나오지
않자 다시금 그란투스에게 기회를 주기로 했다. 그란투스는
더욱 군기 든 모습으로 힘차게 대답했다.

"다 말하겠습니다요. 제발! 살려주십시오!"

우지끈.

"우거거거거."

로비우스는 기겁을 해서는 애원했지만 어느새 커다란 몽

둥이가 입안을 쑤시고 틀어박혔다.

"이놈이 시끄럽게! 참사관님! 차 한 잔 더 하고 오시지요."

"그러지. 참, 막시무스 그놈도 옆방에 데려다놓도록!"

"바로 조치하겠습니다."

철컹.

시리우스는 할 말을 하고는 다시 나가 버렸다. 로비우스의 입안에는 두꺼운 몽둥이가 틀어박혀 있어서 말도 제대로 할 수 없었다.

"아무래도 네놈은 죽을 팔자인가 보다."

"우거우거."

로비우스는 간절한 눈빛으로 뭐라 말했지만 입안에 틀어박힌 몽둥이로 인해 알아들을 수 없었다.

"뭣들 해? 조지지 않고!"

"옙."

퍽! 퍼퍼퍽!

"우어어어어."

병사들은 다시금 신명나게 매타작을 시작했다. 로비우스에게는 그야말로 지옥이나 다름없었다.

＊　　　＊　　　＊

테세우스 덕분에 풀려난 아낙수나문은 벨포스의 부축을
받아 별관으로 왔다.

"아낙수나문! 이쪽으로 누워봐."

"괜찮아요."

아낙수나문은 채찍에 맞은 상처를 보여주고 싶지 않았는
지 아픔을 참으면서도 반대쪽으로 누웠다.

"괜찮긴. 상처 덧나지 않게 어서."

벨포스는 아낙수나문의 등을 보이도록 돌려주었다. 보기
에도 끔찍한 상처들이 등을 뒤덮고 있었다.

"저는… 어떻게 되는 건가요?"

아낙수나문은 걱정스레 물었다. 오늘 밤에 처형될 것이라
고 생각했는데 이렇게 별관으로 오게 되어 영문을 모르던 차
였다. 어쩌면 마지막 시간을 주는 것인지도 모른다는 생각에
아낙수나문은 두려우면서도 서글펐다.

"살 수 있어."

"정말요?"

"갈라파고스 가문으로 가게 될 거야. 그곳의 가주님께서
당신을 살려주셨어."

"여보! 흑흑."

아낙수나문은 참았던 눈물을 흘렸다. 벨포스가 마음 아파

할까 봐서 애써 참은 눈물이다. 하지만 이제는 울 수 있었다.

“지켜주지 못해서 미안해.”

벨포스의 눈가에도 눈물이 맺혔다.

“아니에요. 지금까지 지켜주셨잖아요. 그리고 이번에도 당신이 지켜준 거예요. 제가 무슨 필요가 있겠어요. 당신 때문에 저도 살 수 있는 건데요.”

아낙수나문은 웃음 지었다. 언제나 한결같이 옆을 지켜준 사내. 아낙수나문은 그것으로 만족했다.

“며칠간 이곳에서 쉬다가 상처가 어느 정도 나으면 가게 될 거야. 나도 그곳에서 머무는 경우가 종종 있을 테니까 너무 걱정하지 마.”

“네. 기다릴게요.”

벨포스는 아낙수나문이 살 수 있다는 것만으로도 바랄 것이 없었다. 자주 보지 못하는 것 정도는 참을 수 있다. 아낙수나문이 행복할 수만 있다면 못할 일은 없었다.

“잠깐 나갔다올게. 카시아스가 급히 보자고 해서.”

“얼른 가보세요.”

“금방 올게.”

“내 걱정 하지 말고 일봐요.”

벨포스는 아낙수나문의 머리를 부드럽게 쓸어주고는 방을

나왔다.

＊ ＊ ＊

연무실에는 친위대의 눈을 피해 워리어스들이 모여 있었다. 카시아스의 긴급소집 때문이다.

"무슨 일이야? 가뜩이나 눈치 보이는데."

"마스터 오시면 이야기할게."

테일러의 물음에 카시아스는 아무런 대답도 해주지 않았다.

"뭔가 안 좋은 일인 건가?"

"그건 아니고. 모르지. 아무튼 기다려 봐."

야콥도 뭔가 심상찮은 분위기에 불안한 모양이다. 하지만 카시아스는 벨포스가 올 때까지 어떤 이야기도 하지 않았다.

"카시아스! 지금 분위기가 어떤데 이렇게 다들 모이게 한 거지? 제정신인가?"

"오셨어요?"

마침 벨포스가 연무실로 들어왔다. 벨포스는 카시아스와 몇몇만 있을 줄 알았는데 워리어스들이 전부 모여 있자 꽤나 놀랐다. 테세우스로 인해 이번 일은 어느 정도 해결되었다지만 분위기는 여전히 좋지 않았기 때문이다.

"샤막과 로베르토가 망을 보고 있는 것 같은데 조심해야 할 거야. 언제 가주가 부를지도 모르고."

"중요한 일입니다. 오늘 결정해야 해서요."

"무슨 일인지 일단 들어보지."

벨포스는 일단 사정을 듣기로 했다. 그만큼 중요한 일이리라.

"디데이를 옮기기로 했습니다."

카시아스는 오늘 모이게 된 이유를 말해주었다. 이들에게는 가장 중요한 문제였다.

"그래? 그럼 앞당기는 건가?"

"맞습니다."

"얼마나 앞당길 생각이지?"

"삼 일 후입니다."

"사, 삼 일 후? 그런……."

벨포스는 너무 놀라 말문이 막혀 버렸다. 조금 앞당기는 정도가 아니라 앞으로 삼 일이라니 생각지도 못한 일이다. 그건 무리한 정도가 아니라 불가능에 도전하는 것이나 다름없었다.

"카시아스! 제정신이야?"

"삼 일 후라고? 다 죽자는 말이냐?"

웅성웅성.

테일러와 야콥은 물론 다른 워리어스들도 소란스러워지기 시작했다. 그만큼 삼 일이라는 시간은 너무 짧았다.

심장의 마나 고리를 끊은 지 이제 한 달 반가량이 되었다. 이 정도의 마나로 친위대를 상대하고 혹시 모를 경비대까지 상대한다는 건 무모함에 가까웠다.

"진짜 죽고 싶어? 다들 조용히 못해?"

카시아스는 워리어스를 향해 나지막한 목소리로 경고했다. 만일 친위대가 들어오기라도 한다면 모든 게 끝이다.

"카시아스! 삼 일 후라면 얼마나 무리한 일인지 네가 가장 잘 알 텐데? 다 감안하고 하는 말인가?"

"그렇습니다."

벨포스의 물음에 카시아스는 순순히 대답했다. 계획을 세운 장본인인만큼 얼마나 무리한 것인지도 잘 알기 때문이다. 하지만 카시아스로서는 어쩔 수 없는 선택이었다.

"카시아스! 삼 일 후면 아무리 생각해도 무리다."

"내 생각도 마찬가지다. 몇몇은 어느 정도 마나를 회복했다고 하지만 대부분은 마나가 바닥이다. 친위대를 상대하는 것도 가능할지 모른단 말이다."

테일러와 야콥도 이번 계획에는 부정적이었다. 웬만하면 카시아스의 계획에 따르겠지만 삼 일이라는 시간은 짧아도 너무 짧은 것이다. 워리어스들만 빠져나가는 것도 아니고 별관에 있는 짝들까지 데려가야 하는데 그러자면 그들을 보호할 만한 힘이 있어야 한다.

일부를 제외하고는 제 한 몸 지키는 것도 버겁다는 게 맞을 것이다.

"지금 돌아가는 분위기를 다들 알고 있을 거다. 오늘 마스터의 부인이 당했던 일도."

"그건……."

"으음."

아낙수나문에 대한 이야기가 나오자 모두는 입을 다물었다. 오늘의 일은 모두에게 충격이었고 가문의 분위기가 예전 같지 않다는 것은 모두 느끼고 있었다.

"아마 이런 일이 자주 있게 될 거야. 참사관이 자꾸 드나들 테고. 이번은 어떻게 넘겼다지만 언제 또 가주가 표적이 될지 모른다. 그렇게 되면 우린 기회조차 얻지 못하게 될 거야."

카시아스는 앞으로 어떻게 상황이 변할지 예측할 수 없는 만큼 기회가 있을 때 탈출하는 게 최선이라고 판단했다.

“설마 그렇기야 하겠어? 샤갈 가주가 어떤 사람인데? 연줄
도 많고 배경도 든든하잖아.”

“어떤 배경도 통하지 않는 게 참사관이다. 조만간 참사관
이 우리들을 조사하게 될지도 몰라. 그렇게 되면 우리 몸 상
태에 대해서 눈치챌 가능성도 배제할 수 없고. 그럼 끝이
다.”

“으음.”

“후우우.”

카시아스의 이야기가 틀리지 않았기에 모두는 걱정스러우
면서도 반박하지는 못했다. 그저 운에 기댈 수만은 없지 않은
가.

이중에서 단 한 명이라도 마나 고리를 끊었다는 게 발각되
는 날에는 전체가 위험해질 수 있다. 그렇게 되면 시도조차
해보지 못하고 모두 죽게 될 것이다.

“카시아스! 지난번에도 말했지만 우리는 단순히 이곳
에서 벗어나는 게 끝이 아니다. 정작 어려운 일은 추격대
를 피해 자취를 감추는 일이다. 그러자면 네가 말한 자들
의 도움이 반드시 필요한데 그쪽과도 상의를 한 일인
가?”

벨포스는 이 무리한 계획이 과연 성공할 수 있을지 걱정스
러웠다. 무엇보다 훈련소를 벗어난 이후가 가장 큰 난제가 아

닌가. 레지스탕스의 도움 없이 비잔티움을 벗어나거나 숨을
수는 없다.

그렇다면 그들에게는 최소한 계획을 미리 말해야 한다.

"네. 삼 일 후 그들이 우릴 도울 것입니다."

"카시아스! 무슨 말이야? 우리를 돕다니?"

"우리가 모르는 자들이 있는 거야?"

테일러와 야콥이 굳어진 표정으로 물었다. 아직 이들은 레
지스탕스와 관련된 부분에 대해서는 전혀 모르고 있었기 때
문이다.

"미리 말하지 못해서 미안하다. 우리는 이곳에서 탈출하
기만 하면 돼. 그쪽에서 우리가 머물 장소를 제공해 줄 거
야."

카시아스는 이제 삼 일 앞으로 다가온 만큼 이들에게도 모
든 걸 말해줄 때가 되었다고 판단했다.

"대체 누가 우리들을 숨겨준단 말야? 한두 명도 아니고. 추
격대를 피해서 그게 가능해?"

"나도 믿기 힘들다."

테일러와 야콥은 물론 워리어스들도 카시아스의 말을
쉽게 받아들이기 힘들었다. 수십 명이나 되는 도망자를 과
연 아무 탈 없이 받아주고 숨겨줄 수 있을 만큼 조직적인
세력의 도움을 받게 되리라고는 기대하기 어려운 게 사실

이다.

워리어스들은 노예고 누구도 그들을 도우려 하지 않는다
는 걸 알기 때문이다.

"레지스탕스!"

"허억."

"그, 그런!"

생각지도 못한 말에 모두는 입을 다물었다. 그만큼 놀란 것
이다. 레지스탕스의 존재는 모두 알고 있었다. 소환수들도 그
런 소문에 대해서는 한두 번은 들어왔고 투견들이야 당연히
잘 알고 있었다.

제국에 대항하는 유일한 세력. 일설로는 제국의 병력을 압
도할 만큼의 전력을 지녔다고도 한다.

그런 곳에서 도와준다면 두 손 벌려 환영할 일이 아닌
가. 레지스탕스 역시 제국의 입장에서는 도망자나 다름없
기에 같은 처지라 할 수 있었다. 신뢰할 수 있다는 의미
다.

"레지스탕스가 우리를 도와줄 거야. 물론 우리도 이곳을
벗어난 후에는 그들과 함께하게 될 거다. 우리에게 이 세상은
생소하다. 투견들도 떳떳하게 돌아다닐 수 없는 이상 그들과
힘을 합치는 게 최선이라고 판단했다."

카시아스는 탈출한 이후의 삶에 대해서 이야기했다. 사실

워리어스들은 탈출한 이후에 대해서는 별로 생각해 보지 않았다. 막연하게 도망자의 삶을 생각했을 뿐이다.

하지만 그런 삶을 원하는 사람은 없다. 정착할 수만 있다면 무슨 일이든 못하겠는가.

"믿을 수 있는 거야?"

"너희는 모르겠지만 그들 때문에 우리 목숨을 여러 번 건졌다. 지난번 시합 때 출전하지 않게 된 것도 그들이 뒤에서 도움을 줬기 때문이니까."

카시아스는 레지스탕스에서 그간 도움을 준 일들을 말해 주었다. 그 때문에 카시아스도 그들을 믿게 되었기 때문이다.

"그게… 정말이냐?"

"사실이야?"

"물론이다."

"으음. 그 정도 영향력을 발휘할 정도라면… 우리가 의지해도 되겠지. 뭐, 선택의 여지도 없으니까."

"뭐 달리 방법이 없다면야."

카시아스의 설명에 모두는 레지스탕스 쪽으로 점차 마음이 기울었다. 이미 목숨을 구원받기까지 했으니 자연스러운 현상이다. 짝까지 대동해야 하는 상황이라면 더더욱 그러했다.

"아낙수나문이 그때까지 나을지 모르겠군."

벨포스는 아낙수나문이 아픈 게 마음에 걸렸다. 지금 상태라면 걷는 것도 힘들었기 때문이다.

"마스터께서는 부인을 잘 보호하십시오. 다른 어떤 것보다 그게 우선입니다."

카시아스도 아낙수나문이 걱정되었지만 삼 일 후 거사를 미룰 수는 없었다. 짝을 보호하는 건 워리어스의 몫이다.

"하지만 너희와 달리 나는 심장의 마나 고리를 끊지 않았다. 마나 속박이 발동되면 힘을 쓸 수 없게 될 텐데…… 보호할 수 있을까?"

벨포스는 마나 속박이 마음에 걸렸다. 벨포스는 샤갈과 자주 대면하고 또 이런저런 훈련을 시켜야 했기에 마나 고리를 끊을 수 없었던 것이다. 그랬다면 단번에 들통 났을 것이다.

하지만 마나 속박이 발동된다면 걷는 것조차 힘들어지는 만큼 아낙수나문을 보호하며 데리고 나가는 것은 불가능했다.

"삼 일 후 이걸 착용하십시오."

"이게… 뭐지?"

카시아스는 품에서 팔찌 하나를 꺼내서 건넸다. 벨포스는 고개를 갸웃하며 팔지를 집어 들었다.

“마나 속박을 받지 않는 마도구입니다.”

“이, 이걸 어떻게…….”

카시아스의 이야기에 벨포스는 꽤나 놀랐다. 마나 속박에서 자유로운 마도구는 돈을 주고도 사기 힘든 물건이다. 물론 뒷거래로 거액을 주고 사는 경우가 종종 있지만 들통 날 경우 곧바로 처형될 만큼 중죄다. 그만큼 제국에서는 마도구에 대해서는 철저하게 감시하기 때문이다.

그런 물건을 카시아스가 가지고 있다는 건 놀랄 수밖에 없는 일이다.

“마스터 몫으로 그들에게 하나 부탁했습니다. 마스터께서는 이곳에서 벗어난 후에 다시 수련하면 되니까 그때까지는 이걸 사용하면 될 것입니다.”

“고맙다. 카시아스! 여기까지 생각하고 있을 줄은… 몰랐구나.”

벨포스의 표정이 한결 밝아졌다. 마나 속박만 받지 않는다면 벨포스는 제 실력을 모두 발휘할 수 있다. 벨포스 한 사람만으로도 꽤나 큰 몫을 담당할 수 있게 된 것이다.

반란의 가능성은 더욱 높아졌다.

“한배를 타지 않았습니까? 지금처럼 마스터께서 우리를 이끌어주셔야지요.”

벨포스의 표정이 밝아지자 카시아스도 기분이 좋아졌다.

"이끌다니. 난 그저 싸우는 법을 가르칠 뿐이지. 오히려 네게 많은 것을 배우고 있다."

벨포스는 카시아스의 어깨를 잡고는 고개를 끄덕였다.

"별말씀을. 그럼 삼 일 후로 결정해도 되겠습니까?"

"이미 그들과 합의한 일인데 번복할 수는 없지 않나?"

"그렇긴 합니다."

"어차피 네 말을 믿고 시작한 일이다. 끝까지 믿겠다. 설령… 실패한다 해도 원망하지 않는다."

벨포스는 마음을 굳혔다. 여기까지 와서 포기할 수는 없지 않은가. 워리어스의 단합된 힘과 레지스탕스의 도움이라면 지금껏 유례가 없었던 일이라고 해서 겁낼 필요는 없었다.

아마 탈로스 제국 역사상 워리어스의 반란이 성공하는 첫 사례로 남게 될 것이다.

"반드시 성공할 것입니다."

"그래. 그래야지."

"너희는?"

카시아스는 테일러와 야콥을 향해 물었다.

"이미 다 결정해 놓고 뭘 묻냐? 나야 뭐 네가 하자는 대로 해야지."

"뭐 자신있으니까 앞당긴 거겠지. 한번 해보자. 이 지긋지긋한 곳에서 나가보자고."

테일러와 야콥 역시 카시아스의 의견에 따르기로 했다. 사실 따르지 않을 도리는 없었다.

"비록 삼 일밖에 안 남았지만 그동안이라도 최대한 마나를 수련해 둬. 그리고 가주의 눈 밖에 나지 않게 하고. 삼 일간만 조용히 아무 일 없이 지내자. 그리고… 밖에 나가면 시원하게 한잔하는 거야."

카시아스는 워리어스들을 향해 술잔을 들이켜는 제스처를 취했다.

"후후. 제일 듣기 좋은 말인데?"

"그 술 얻어먹으려면 살아남아야겠군. 쳇."

이제 삼 일 앞으로 다가왔다는 생각에 모두의 가슴은 세차게 두근거렸다. 자유냐 죽음이냐. 그 두 갈래의 길에서 운명이 결정될 것이다.

"그럼 다들 눈치채지 않게 조용히 숙소로 돌아가도록."

워리어스들은 친위대가 눈치채지 않도록 소수로 움직이며 조용히 연무실을 벗어났다.

"저… 마스터!"

벨포스가 마지막으로 연무실을 벗어났을 때 누군가 조용

히 그를 불렀다.

"샤막! 무슨 일이지?"

"죄송합니다."

샤막은 고개를 떨구며 용서를 빌었다. 아낙수나문의 일이 계속해서 마음에 걸린 탓이다. 자신의 부탁으로 인해 그 고초를 겪었으니 얼마나 괴로웠겠는가.

"무슨 소리냐?"

벨포스는 영문을 모르겠다는 투로 물었다.

"저 때문에… 부인께서……. 정말 죄송합니다."

샤막은 너무도 죄스러운 표정으로 용서를 빌었지만 벨포스의 반응은 전혀 달랐다.

"샤막! 착각하고 있구나."

"무슨 말씀이신지……"

샤막은 오히려 벨포스의 반응에 의아했다. 자신이 왜 용서를 비는지 전혀 모르는 듯했기 때문이다.

"아낙수나문이 오늘 고초를 겪은 것은 너 때문이 아니다. 우리가 노예이기 때문이지. 너는 잘못한 게 없다. 용서를 빌지 마라. 아낙수나문은 인간으로서의 도리를 다했을 뿐이다. 그건 칭찬받아 마땅할 일이 아닌가?"

벨포스는 당당하게 말했다. 샤막에 대한 원망은 조금도 없는 듯 보였다.

"그, 그렇습니다."

샤막은 고개를 숙였다. 벨포스의 말도 틀리지는 않기 때문이다. 하지만 자신으로 인해 고통을 받았다는 사실은 변하지 않는다.

"미안한 마음은 버려라. 그저 네게 호의를 베푼 것에 대해 고마운 마음을 잠시라도 가져준다면 그걸로 된 것이다."

"마스터!"

샤막의 눈가에 눈물이 그렁그렁 맺혔다.

"나도 아낙수나문도 널 원망한 일이 없으니 부담 갖지 말아라. 네가 더 고통스럽다는 걸 잘 알고 있으니까."

벨포스는 그런 샤막의 어깨를 가볍게 두드려 주었다.

"마스터!"

샤막은 결국 눈물을 참지 못했다. 하루 종일 겪었던 마음의 짐이 눈 녹듯 사그라드는 느낌이다.

"가서 푹 쉬어라!"

"예. 들어가십시오."

벨포스의 뒷모습을 바라보며 샤막은 눈물을 훔쳤다.

CHAPTER
07

다람쥐 쳇바퀴

비잔티움 시의회.

"자네에게 큰 신세를 졌네. 하하하."

"신세라니요? 제가 영광이지요. 하하하."

타우렌 의원과 샤갈이 기분 좋게 웃으며 걸었다. 테세우스의 도움으로 샤갈은 타우렌에게 전폭적으로 지지하겠다는 뜻을 전달한 것이다. 타우렌으로서는 환영할 만한 일이었다.

"콜로세움에서 자네가 날 지지해 준다면 시민들도 열광하겠지. 이거 기대가 크네."

"다음 시합 때는 시민들의 가슴을 헤집어놓을 만큼 뜨거운 시합을 보여줄 생각입니다. 그럼 효과도 크겠지요."

"이를 말인가? 시민들의 마음은 콜로세움을 떠나서는 생각할 수 없다는 걸 내가 어찌 모를까?"

가장 열광적으로 분위기가 후끈 달아올랐을 때 시민들의 우상이나 다름없는 클라니우스 가문의 워리어스들과 샤갈 가주가 타우렌 의원을 향해 존경을 담은 어떤 제스처를 보여준다면 시민들은 타우렌 의원에게 열광하게 될 것이다.

이는 그동안의 콜로세움에서의 역사가 말해준다. 아르메니우스가 시장으로 당선되었던 것도 그러한 과정을 거쳤기 때문이다.

그 때문에 시장이 되면 콜로세움의 분위기에 촉각을 곤두세울 수밖에 없었고 워리어스 양성가문을 가까이하게 되는 것이다.

타우렌은 샤갈로 인해 시장의 자리로 가는 지름길을 가게 된 셈이다.

"이거 다음 시합이 기대됩니다."

"나만 하려고?"

"하하. 그런가요?"

"하하하."

둘은 시종 웃음을 잃지 않았다. 타우렌과 샤갈 모두 얻을 게 있었기 때문이다. 그야말로 윈윈하는 전략이 아닌가.

"타우렌 의원! 좋은 일이 있나 봅니다."

이때 아르메니우스 시장이 아는 체를 했다.

"시장님은 안색이 별로 안 좋아 보입니다."

타우렌 의원의 말속에는 뼈가 있었다. 둘이 경쟁관계인 만큼 그리 사이가 순탄하지는 않는 듯했다.

"커험. 안 좋을 일이 뭐가 있겠습니까?"

아르메니우스 시장은 다소 불쾌했지만 내색하지는 않았다.

"자넨 샤갈 가주가 아닌가? 자네가 어쩐 일로?"

아르메니우스는 타우렌 옆에 있는 샤갈을 발견하고는 의아한 표정으로 물었다. 시의회로 왔다면 자신을 먼저 찾는 게 지금까지의 모습이 아니던가. 그런데 자신에게는 코빼기도 비치지 않고 타우렌 옆에 서 있는 모습은 낯설 수밖에 없었다.

"타우렌 의원님을 뵈려고 왔습니다."

"타우렌 의원을?"

"시장님의 선물은 잘 받았습니다. 제가 보답해 드릴 것도 없고 해서 이렇게 타우렌 의원님께 하소연이라도 해보려구요."

샤갈은 아르메니우스 시장을 살살 약 올리며 은근히 비꼬았다.

"설마 타우렌 의원을 지지하기라도 하겠다는 건가?"

아르메니우스는 뭔가 심상치 않은 기운을 감지했다.

"바로 보셨습니다. 다음 시합 때가 기대되는군요. 우승한 후에 타우렌 의원님을 지지하겠다고 선언할 생각입니다. 우리 워리어스들은 표현할 수 있는 가장 최상의 존경을 담아 타우렌 의원님을 대할 것입니다. 많은 시민 앞에서 말입니다."

샤갈은 다음 시합 때 있을 퍼포먼스에 대해서 살짝 흘렸다. 과거 아르메니우스에게도 했던 것이다.

"자, 자네 정말! 어찌 내게 감히!"

아르메니우스의 얼굴이 일그러졌다. 만일 사실이라면 내년 선거에 큰 타격을 받을 것은 자명한 일이다.

"시장님께서 그러시면 서운하지요. 일전의 일도 그렇고 어젯밤에도 참사관님께서 다녀가셨습니다. 잘 아시지요?"

샤갈은 아르메니우스가 자신을 물 먹였던 일들을 거론했다.

"그건… 뭔가 오해가 있는 것 같군."

아르메니우스는 당혹스러운 표정으로 쩔쩔맸다. 설마 샤갈이 이렇게 전격적으로 반기를 들 것이라고는 예상하지 못한 모양이다.

"자넨 시장님과 이야기를 나눌 텐가? 난 좀 바빠서 말이
네."

타우렌은 노골적으로 아르메니우스를 무시했다.

"아닙니다. 오늘 식사는 제가 모시기로 하지 않았습니까?
안내하겠습니다."

샤갈 역시 이제는 아르메니우스는 안중에도 없었다. 아르
메니우스를 겁내지 않아도 될 만큼의 뒷배가 있었기 때문이
다.

"그럼 다음에 보십시다."

"커험. 그럽시다."

"저도 타우렌 의원님을 모셔야 해서요. 그럼."

샤갈은 얼른 타우렌 곁을 지키며 걸었다.

"저, 저, 저놈이!"

아르메니우스의 표정은 똥 씹은 것처럼 일그러졌다. 샤갈
에게 완전히 한 방 얻어맞은 것이다.

*　　　*　　　*

취조실에는 로비우스에 이어 막시무스가 체포되어 왔다.
다른 점은 로비우스처럼 개 맞듯 맞지 않고 의자에 앉아 있다

는 점이다.

"그란투스님. 대체 왜 저를……."

막시무스는 자신이 왜 시경비대의 취조실에 잡혀왔는지 전혀 알지 못하는 듯했다.

"참사관님께서 오실 테니 그때 물어보게."

그란투스는 별다른 이야기는 하지 않았다. 앞으로 어떤 상황이 전개될지 모르니 일단은 분위기를 잡는 것이다.

"으아아아악!"

이때 옆방에서 자지러지는 비명 소리가 들려왔다. 듣기에도 섬뜩한 게 심장이 오그라드는 느낌이다.

"이게 대체 무슨 소립니까?"

막시무스는 절로 가슴이 내려앉았다.

철컹.

이때 철문이 열리며 시리우스가 들어왔다.

"참사관님! 오셨습니까?"

"막시무스 가주!"

"참사관님을 뵙습니다."

막시무스는 얼른 일어나 예를 올렸다.

"이 소리 들리시오?"

"아아아아악!"

끊임없이 들려오는 비명 소리. 어두컴컴한 취조실의 분위기를 더욱 삭막하게 만들고 있었다.

"예. 그런데 무슨 소린지……"

막시무스는 전혀 짐작조차 하지 못했다.

"매 맞는 소리요. 뭐 고문이라고 해도 좋고."

시리우스는 태연하게 말했다.

"대체 누구를……"

"로비우스! 감히 날 이용하려 들어? 죽일 새끼!"

시리우스는 한바탕 욕설을 퍼부었다. 꽤나 화가 난 듯 보였
다.

"막시무스 가주!"

"예. 참사관님."

시리우스의 부름에 막시무스는 바짝 긴장했다. 비명 소리
의 주인공이 로비우스라면 왜 자신이 이곳에 불려온 것인지
대충 짐작했기 때문이다.

막시무스는 가슴이 세차게 두근거렸다. 말 한 마디 잘못
했다가는 무사하지 못하다는 걸 본능적으로 느끼고 있었
다.

"자네와 로비우스간의 일들을 알고 싶은데. 내게 소상히
말해줄 수 있겠나? 뭐, 싫다고 하면 이 방에서도 지금 들리는
것처럼 곡소리가 나겠지만."

시리우스는 부드럽게 말했지만 그 내용만큼은 살벌하기

이를 데 없었다.

"다 말씀드리겠습니다."

막시무스는 망설이지 않고 대답했다. 로비우스에 비해 판단력이 빠른 셈이다. 어차피 말할 것이라면 한 대라도 덜 맞고 말하는 게 현명하지 않겠는가.

"이야기가 빠르군. 하나도 빼지 말고 로비우스와 관련된 이야기를 모두 하게. 그게 자네가 살길이니까."

"예. 참사관님. 빠짐없이 말씀드리겠습니다."

시리우스도 막시무스의 태도에 꽤나 흡족했다. 시리우스가 원하는 건 막시무스를 고문하는 게 아니라 사실을 아는 것이기 때문이다.

막시무스는 로비우스와 관련된 모든 일을 자세하기 이야기하기 시작했다.

*　　　*　　　*

"시장님! 큰일 났습니다."

비서관이 부리나케 들어왔다. 꽤나 급한 일이 있는 모양이다.

"무슨 일인데 호들갑인가?"

아르메니우스의 표정이 찌푸려졌다.

"지금… 로비, 로비우스가 시경비대 취조실에서 고문을 받고 있다고 합니다."

비서관은 목소리까지 더듬거리며 다급하게 이야기했다.

"뭐, 뭐라? 그게 무슨 소린가?"

아르메니우스는 비서관의 이야기에 황당한 표정을 지었다. 로비우스가 잡혀왔다는 것도 그렇지만 고문을 받고 있다는 건 도무지 말이 되지 않는 것이다.

"저도 자세한 것은 모르겠습니다. 이른 아침에 경비대가 들이닥쳐 로비우스를 체포했다고 합니다."

"대체 무슨 이유로?"

"그건 모르겠습니다. 지금 취조실 근방으로는 출입이 금지되어 있습니다."

"허어. 참사관 그 친구 말귀가 통하는 줄 알았더니 아니었구만."

아르메니우스는 대충 상황을 짐작할 수 있었다. 아무래도 샤갈을 찾아갔던 참사관이 칼의 방향을 바꾼 게 틀림없었다. 어차피 샤갈이 레지스탕스와 관련이 없다는 건 금방 드러날 테니 그의 발목을 묶어 갈라파고스 가문을 견제해 달라고 부탁까지 했는데 오히려 로비우스를 잡아 족치고 있었다.

아르메니우스는 가슴이 답답했다.

"그뿐이 아닙니다. 막시무스 가주도 지금 취조실에 붙잡혀 왔다고 합니다."

"막시무스 가주까지?"

"그렇습니다."

"허어. 대체 무슨 일을 꾸미는 게야?"

아르메니우스는 허탈하기까지 했다. 아무리 제멋대로라지만 이건 너무한 처사가 아닌가. 자신의 체면을 생각해서라도 이렇게까지 일을 벌이는 건 아니었다.

기껏 찾아가 구구절절 설명하며 거래까지 제안했던 게 아무런 의미가 없게 된 것이다.

"저도 아는 게 없습니다."

"경비대장을 당장 불러오게."

"경비대장은 지금 참사관과 함께 로비우스와 막시무스 가주를 취조 중입니다."

"아무래도 안 되겠군. 내가 직접 가봐야겠어."

덜컥.

"그러실 필요 없습니다. 내가 왔으니까."

아르메니우스가 직접 취조실로 가려할 때 마침 시리우스가 집무실로 들어왔다.

"참사관! 이게 다 무슨 일인가?"

아르메니우스는 잔뜩 서운한 투로 물었다.

"시장님! 몇 가지 묻겠습니다."

시리우스는 냉정한 목소리로 말했다.

"무슨 소린가? 갑자기."

"지금부터는 참사관으로서 공식적으로 묻는 겁니다. 대답 여하에 따라서 시장님께서는 대우가 달라질 것입니다."

시리우스는 아르메니우스의 반응이나 감정 따위는 안중에도 없었다. 오직 참사관으로서의 임무를 충실히 수행할 뿐이다.

"자, 자네 지금 나를 취조하는 건가?"

아르메니우스는 황당한 표정을 감출 수 없었다. 로비우스와 막시무스에 이어 이제는 시장인 자신까지도 취조하려 들고 있었다. 지금 시리우스는 참사관이라는 직책을 빌미로 막무가내로 일을 벌이고 있는 것이다.

"분명히 말했습니다. 나는 참사관으로서 묻겠다고."

시리우스는 더욱 냉정하게 말했다.

"허어. 기가 막히는구만."

아르메니우스는 오히려 허탈하기까지 했다.

"취조실보다는 그래도 이곳이 낫겠지요? 그동안 제게 베풀어주신 걸 감안해 대우해 드리는 것입니다."

시리우스 딴에는 최대한 다른 사람들과는 다른 대우를 해주고 있는 것이다.

"일단 듣기로 하지. 내게 궁금한 게 뭔가? 자네의 무례는 차후에 논하기로 함세."

아르메니우스는 지금 상황에 무슨 말로도 시리우스를 설득시킬 수 없다는 생각에 일단은 그가 원하는 대로 해주기로 했다.

"시장님께서 레지스탕스와 관련되었다는 제보가 있습니다."

"뭐, 뭐라? 내가 레지스탕스? 대체 어떤 놈이 그런 말도 안 되는 헛소리를 한단 말인가?"

아르메니우스는 머리를 세게 얻어맞은 느낌이었다. 샤갈을 레지스탕스로 몰아보고자 했는데 이제는 자신이 레지스탕스로 몰리는 형국이 아닌가.

"우선 피의 제전 때로 가지요. 대진표를 작성한 게 누구였습니까? 그리고 최종적으로 경비 상황을 체크하고 승인한 인물이 누구입니까?"

시리우스는 레지스탕스가 습격했던 피의 제전 때로 돌아갔다. 반드시 그곳에 단서가 남겨져 있을 것이라 믿었다. 단지 지금까지 찾지 못했을 뿐이다.

"자네도 날 의심하는 건가?"

"묻는 말에나 답해주시지요."

“이것 참. 행정처장을 불러오게.”

“예. 시장님.”

비서관이 황급히 나갔다.

“내가 시장이기는 하지만 모든 업무를 담당하지는 않네. 나야 뭐 사인만 할 뿐이지. 특히나 콜로세움의 경비까지 내가 일일이 체크하리라 생각하는가? 행정처장에게 일임한 일이니 자네가 직접 물어보게.”

아르메니우스는 대답조차 하기 싫었지만 시리우스가 어떤 우격다짐을 할지 몰라 일단은 순순히 대답해 주었다. 가뜩이나 일하기 싫어하는 아르메니우스가 그런 걸 일일이 챙길 인물은 아니다.

아르메니우스가 시장이 되고 가장 많이 한 일은 밤마다 은밀한 파티를 즐긴 것이다. 시정 업무는 각 처장들이 도맡아했고 아르메니우스는 주로 사람을 만나는 일을 해왔다.

그것도 돈이 되는 사람들을.

“그럼 시장님께서는 피의 제전 때 경비 업무에 대해서는 전혀 관여하지 않았다는 말입니까?”

아르메니우스의 대답에 시리우스의 표정이 살짝 변했다. 시장이 최종적으로 처리했다고 생각했는데 이렇게 되면 아르메니우스는 용의선상에서 한발 물러나게 되는 셈이다.

"이보게. 날 모르는가? 내가 시장일세. 그런 것까지 일일이 신경써야 하는가?"

아르메니우스는 짜증 섞인 목소리로 언성을 높였다.

"으음. 그렇군요. 그럼 경비대장은 무얼 했습니까?"

시리우스도 그간 아르메니우스를 옆에서 지켜봤기에 그의 말을 순순히 받아들였다. 아르메니우스는 절대로 열심히 일하는 인물은 아니었기 때문이다.

"무얼하다니? 당연히 스페셜 룸에서 함께 시합을 관전했지."

"한 번도 자리를 비운 일이 없었습니까?"

"내 기억으로는 없었네."

다소 기대하고 있던 것과는 다른 대답이 나오자 시리우스의 얼굴에 실망하는 기색이 스쳐 갔다.

"그럼 로비우스와 레지스탕스와의 관련성에 대해서는 어떻게 생각하십니까?"

시리우스는 마지막으로 처음 의심했던 부분을 물었다. 시장과 로비우스 둘 중 하나는 레지스탕스와 연결되어 있다고 조금 전까지만 해도 거의 확신하는 분위기였기 때문이다.

"자네 그걸 말이라고 하는가? 로비우스야 우리 같은 사람에게는 천문학적인 재물을 갖다바치니 그저 어울려 주는 것이지 내가 그자에 대해서 뭘 알겠는가? 뭐, 그런 자가 레지스탕스라면 개가 웃을 일이기는 하지만."

아르메니우스는 어이없는 표정으로 한소리 하고야 말았다. 사실 로비우스를 챙겨주는 건 그만큼 받기 때문이다. 로비우스의 성품이 어떤지 모르는 사람이 없는데 그런 자를 레지스탕스에서 받아들였다면 레지스탕스의 세력이 이렇게 급속도로 확산되지는 않았을 것이다.

레지스탕스에 바보천치들만 있는 게 아닌 이상 로비우스 같은 인간을 끌어들인다는 발상을 할 리는 없다고 보는 게 타당했다.

"으음. 다시 막히는군요."

아르메니우스의 말을 듣자 시리우스가 그려놨던 그림은 다시금 어그러졌다. 아르메니우스의 말이 틀리지 않은 까닭이다.

"뭐가 말인가?"

"분명 레지스탕스에 협력하는 자가 시청에 존재합니다. 그것도 상당한 위치의 인물입니다. 게다가 워리어스 양성가문 중 한 곳도 분명 관련이 있습니다."

시리우스는 분명 레지스탕스의 끄나풀이 있다는 건 확신했다. 다만 그게 누구인지 모를 뿐이다. 시의 움직임을 훤히 알고 또 경비태세라든가 콜로세움에 잠입하기에 수월한 부분들을 꿰뚫을 정도의 인물임에는 틀림없었다.

"나도 자네에게 그렇다고 말하지 않았는가?"

아르메니우스는 답답한 듯 말했다.

"하지만 단서를 잡을 만하면 매번 막힙니다. 시장님을 의심했지만 또 막히는군요."

시리우스의 머릿속에 아르메니우스에 대한 의심은 이제 사라졌다. 조금만 생각해 봐도 당연히 내려지는 결론이다.

"왜 나를 의심하는가? 샤갈 가주는 어찌하고?"

"그자는 아닙니다. 이미 조사했습니다."

시리우스는 샤갈에 대해서도 못을 박았다.

"어허. 이 사람. 그리 말귀를 못 알아듣는가? 레지스탕스를 자네가 소탕한 것처럼 만들어준다고 하지 않았는가?"

"분명히 존재합니다. 내 손으로 잡을 생각입니다."

시리우스의 머릿속에는 온통 레지스탕스에 대한 생각뿐이다. 수도로 돌아갈 날이 가까워서인지 아니면 자존심 때문인지는 모른다. 지금은 아무것도 눈에 들어오지 않는 게 문제다.

"그럼 우리와의 이야기는 어떻게 되는가?"

"일단 보류하지요. 그리고 로비우스와 관련된 사건은 레지스탕스와는 관련이 없는 걸로 판단했습니다."

시리우스는 샤갈을 옭아매려 했던 사건에 대해서는 일단
락 지었다. 지금은 그런 일에 마음 쓸 여유가 없었기 때문이
다.

"으음. 자네 정말 답답하구만."

아르메니우스는 고개를 저었다. 제법 괜찮은 그림이었는
데 꽤나 아쉬운 듯했다.

"시청에 소속되어 있는 모든 자를 조사해 봐야겠습니다.
정식 직원은 물론 잠시 고용되었던 자들에 대한 서류 일체를
넘겨주십시오. 또한 경비대와 기사단에 대한 정보도 함께 주
십시오."

"자네 정말 이럴 건가? 이런 데 시간을 낭비하느니 차라리
내 제안을 받아들이는 게 어떤가?"

시리우스는 오직 레지스탕스에 대한 생각뿐이었다. 그 모
습이 아르메니우스의 눈에는 거슬릴 수밖에 없었다.

"이번에도 아무런 단서를 찾지 못한다면 그때는 받아들이
지요. 하지만 기왕 시작한 일 끝을 봐야겠습니다."

시리우스는 직접 레지스탕스를 잡고 싶었다. 적어도 시도
는 해봐야 하지 않겠는가.

"하아. 자네 마음대로 하게. 내가 거부할 수도 없는 일이
고. 원하는 건 다 넘겨줌세."

아르메니우스는 시리우스를 설득하기를 포기했다. 아무래도 한번 필이 꽂히면 헤어나지 못하는 성격인 듯했다. 그런 자에게는 아무리 떠들어봐야 소용없는 일이다.

적어도 스스로 여유를 찾기 전에는 어떤 말도 의미가 없었다.

똑똑.

"시장님. 부르셨습니까?"

이때 행정처장이 급히 들어왔다.

"여기 참사관이 필요로 하는 서류를 모두 제공하고 어떤 도움이든 주도록 하게."

"예. 시장님."

"당신이 행정처장인가?"

시리우스는 날카로운 눈빛으로 물었다.

"그렇습니다만?"

행정처장은 당혹스러운 표정으로 되물었다.

"시장님을 대신해 경비 업무 일체를 일임받았다고?"

"그렇습니다."

"피의 제전 때도 당신이 모든 일을 처리한 건가?"

시리우스는 혹시라도 행정처장이 레지스탕스의 끄나풀이 아닐까 잔뜩 의심하는 눈초리로 물었다.

"물론입니다. 콜로세움에서의 시합 때는 항상 똑같으니까요. 뭐, 따로 준비하고 말 것도 없습니다."

행정처장은 대수롭지 않게 이야기했다. 하루 이틀 한 것도 아니고 콜로세움에서 열리는 크고 작은 시합들은 대부분 같은 매뉴얼대로 열린다. 준비하는 입장에서는 같은 일이 반복되는 셈이다.

"이번 피의 제전 때는 경비를 배로 늘렸다던데?"

"그렇습니다. 하지만 그건 제 소관이 아니었습니다."

"그래? 그럼 누구의 소관이었지?"

시리우스의 얼굴에는 실망하는 기색이 역력했다. 행정처장이 모든 권한을 행사한 게 아니라면 그 역시 용의선상에서 한발 물러나기 때문이다.

"그야 시장님의 명령을 받아 경비대장이 경비대 전원을 경기장 주변에 배치한 게 아닙니까? 질풍기사단도 마찬가지였고요. 제가 경비대나 기사단을 움직일 수는 없지 않습니까?"

"으음. 제각각이구만."

행정처장의 이야기를 듣자 시리우스는 허탈한 마음을 금할 수 없었다. 이런 식이라면 절대로 레지스탕스의 흔적을 찾아낼 수 없었다. 조직체계가 중구난방이다.

마지막까지 책임지는 자가 없었다. 이렇게 따로 노는 조직이라면 누군가 잠입해 일을 벌여도 알아내는 건 불가능했다.

"참사관! 여긴 군대가 아니네. 자네 생각처럼 그렇게 톱니바퀴가 맞물리듯이 돌아가지 않는다는 걸 왜 모르는가?"

아르메니우스는 답답했는지 다시금 한소리 하고 말았다.

"일단은 제 나름대로 알아본 후에 답을 드리지요."

"자네가 알아서 하게."

아르메니우스는 이제 자포자기 상태였다. 시리우스를 이용해 자신의 정적을 견제하려던 생각은 저만치 날아갔다. 그저 시리우스로 인해 피곤한 일이나 생기지 않기를 바라야 하는 상황이 되어버렸다.

"내가 요구한 서류 일체를 참사관실로 가져오게."

"알겠습니다."

"참사관! 그럼 로비우스는 어찌할 텐가?"

아르메니우스는 애꿎은 로비우스만 불쌍해 보였다. 있지도 않은 레지스탕스를 잡겠다고 뛰어다니는 시리우스 때문에 당분간 시청 분위기도 꽤나 소란스러울 것이다.

"풀어줄 생각입니다. 악랄한 종자이기는 하지만 레지스탕스와는 별 관련이 없는 것 같습니다."

그렇게나 개잡듯 잡아놓고 결론은 무혐의였다.

"그걸 말이라고 하는가? 그런 자가 레지스탕스면 이미 수

백 년 전에 레지스탕스는 사라졌을 게야. 에잉.”

“그럼 가보겠습니다.”

시리우스는 이제 볼일은 끝났다는 듯 획 나가 버렸다. 뒤에
서는 아르메니우스 시장의 불평 소리만이 가득했다.

CHAPTER
08

지는 해와 떠오르는 태양

“으아악!”

로비우스는 비명을 지르며 괴로워했다. 온몸에 멍 자국이 없는 곳이 없었고 얼굴은 퉁퉁 붓고 피멍이 들어 알아보지 못할 정도였다. 하루 반나절 동안 실컷 두들겨 맞고는 무혐의로 풀려난 것이다.

“상주님! 괜찮으십니까?”

예르크 총관은 엉망이 되어 돌아온 로비우스의 모습에 어쩔 줄을 몰라 했다.

“크윽. 샤막 이 죽일 새끼! 그놈과 관련돼서 좋은 일이 없어. 이번 일도 결국은 그놈 때문이야."

로비우스는 샤막을 향해 이를 갈았다. 자신을 이렇게 만든 건 참사관 시리우스였지만 로비우스에게는 모든 게 샤막 때문인 걸로 느껴졌다. 아직도 잘린 팔이 욱신거린다.

자신이 한 일은 전혀 생각지도 못하고 오직 샤막에 대한 복수심만이 가득했다.

"상주님! 샤막은 클라니우스 가문의 워리어스입니다. 더 이상 방법이 없습니다."

예르크 총관은 로비우스가 샤막에 대한 걸 이제는 잊기를 바랐다. 샤막과 엮여서 단 한 번도 결과가 좋은 적이 없지 않은가.

"샤갈 그자가 언제까지 보호해 줄 수 있을 것 같으냐? 머지 않았다. 두고 봐라. 내가 싸그리 쓸어줄 테니까."

로비우스는 오로지 샤막에게 복수할 날만을 손꼽았다. 그렇지 않고는 하루도 편히 잠을 이루지 못할 것 같았다.

"요즘 샤갈 가주가 꽤나 잘나갑니다. 갈라파고스 가문과 친해진 이후 타우렌 의원과도 꽤나 두터워졌습니다."

예르크 총관은 대세를 읽는 게 꽤나 빨랐다. 과거의 샤갈이 아니다. 갈라파고스 가문과 친분이 생긴 이후 비잔티움에서 샤갈의 위상은 더욱 높아진 탓이다.

"이제 시장도 함부로 할 수 없다는 거냐?"

"그렇습니다. 사실 아르메니우스 시장의 자리가 위태롭습니다. 내년에는 이변이 없는 한 타우렌 의원이 시장이 되지 않겠습니까?"

"으음."

로비우스는 절로 신음성이 흘러나왔다. 예르크 총관의 말대로 아르메니우스 시장의 위세가 급격히 추락했기 때문이다. 반면에 경쟁자인 타우렌 의원은 승승장구하고 있다.

돈이며 권력이며 그를 지지하는 자들이 눈에 띄게 늘고 있었다. 로비우스도 그러한 판세를 읽지 못하는 건 아니다. 단지 샤막에게 눈이 멀어 인정하고 싶지 않았을 뿐.

"상주님께서도 미리 성의를 보이시는 게 좋을 것 같습니다."

"샤갈 그놈! 운이 좋군."

아르메니우스 시장을 이용해 샤갈을 압박하려 했던 로비우스는 더 이상 샤갈을 어찌할 수 없다는 생각에 기분이 상했다. 또 한 번 샤갈에게 해를 끼쳤다가는 목숨을 부지하기 어렵다는 걸 이번에 확실히 깨닫지 않았던가.

"상주님께서도 샤갈 가주와 특별히 원한을 진 일은 없지 않습니까? 샤막이 문제지."

예르크 총관은 로비우스가 샤갈에 대한 적대감을 풀기를 바랐다. 둘 사이에 있는 샤막만 제한다면 샤갈을 싫어할 이유는 없었다.

"물론이지. 샤막 그놈만 없다면야 샤갈 그자와 내가 반목할 이유는 없지."

로비우스도 순순히 인정했다.

"차라리 친구가 되시지요."

"친구?"

로비우스의 표정이 살짝 찌푸려졌다. 비록 직접적인 감정은 없다고 해도 자신의 팔을 자른 걸 뻔히 알면서 샤막을 데리고 있는 것만으로도 기분이 상할 수밖에 없었다.

"어차피 대세는 기운 것 같습니다. 아르메니우스 시장은 지는 해입니다. 차라리 이참에 갈아타시지요. 타우렌 의원을 후원하시면 자연히 샤갈 가주와도 교분이 생길 테고 그러다 보면 샤갈 가주가 샤막을 양보할 수도 있지 않겠습니까?"

"으음. 가능성 있는 이야기야."

예르크 총관의 의견에 로비우스도 어느 정도 공감이 갔다. 샤갈 역시 이해관계에 누구보다 빠른 인물이 아닌가. 샤막을 잃는 것보다 더 큰 이득을 안겨준다면 굳이 샤막을 보호할 이유는 없다.

자신은 샤갈이 무얼 원하는지를 파악해 제공하면 되는 것이다. 샤막은 누가 뭐래도 하찮은 노예일 뿐이다.

"샤갈 가주에게 샤막은 많은 워리어스 중 하나일 뿐입니다. 샤막이 다른 워리어스에 비해 월등한 것도 아니고 샤갈 가주가 무턱대고 싸고돌 이유는 없을 것입니다."

"거래를 해야겠군."

로비우스는 예르크 총관의 의견에 따르기로 했다. 샤갈의 자존심을 건드리지 않으면서 샤막을 포기하게 하는 방법만 찾는다면 가능성이 없지는 않았다.

"아직은 이릅니다. 일단은 교분을 쌓는 게 먼저입니다."

"샤갈 그자에게는 지난번일도 있고 내게 감정이 좋지 않을 텐데?"

로비우스는 막상 샤갈과 친분을 맺으려고 보니 그간 쌓인 것들이 떠올랐다. 자신이야 그렇다 쳐도 과연 샤갈이 받아줄 지도 의문이었다. 막시무스를 통해 샤막을 죽이려 한 일부터 이번에 레지스탕스로 모함했던 것까지 샤갈에게는 꽤나 심한 짓을 하지 않았던가.

샤갈이 이렇게 클 줄은 몰랐기에 가능했던 일이지만 막상 처지가 바뀌고 보니 여간 부담스러운 게 아니었다.

"감정은 언제든 풀 수 있는 법이지요. 파티에 한번 초대하시지요. 사내라면 마다하지 않을 겁니다."

예르크 총관은 초대받은 이후에는 누구라도 흡족해했던 제안을 했다. 아르메니우스 시장이 하루가 멀다 하고 로비우스를 찾는 이유이기도 했다.

"흐흐흐. 남자들이 다 똑같지. 크윽. 어서 치유의 돌부터 가져와라. 온몸이 성한 데가 없어."

"얼른 가져오겠습니다."

로비우스는 능글맞은 웃음을 흘렸다. 그 방법이라면 샤갈의 마음도 녹일 수 있으리라.

또다시 몸이 욱신거렸다. 하지만 이제는 없어져 버린 잘린 팔이 쑤시는 것보다는 덜했다.

*　　*　　*

레지스탕스 비잔티움 지부.

"삼 일 후? 아니지. 이제 이틀 후가 아닌가?"

미카엘 지부장은 당황하는 기색이 역력했다. 너무도 갑작스러웠던 것이다.

"그렇습니다. 이틀 후 자정에 시작될 겁니다."

일리나 중위는 카시아스와 나누었던 이야기를 보고했다.

"앞으로 한 달가량의 여유는 있다고 생각했는데 그렇게 서두르는 이유라도 있나?"

"참사관이 어떻게 나올지 몰라서 그러는 것 같습니다. 그리고 줄리아의 일도 있고요."

"으음. 참사관이라……. 예측하기 힘든 인물이기는 하지.

어디로 튈지도 모르겠고."

미카엘 지부장도 시리우스에 대해서는 같은 생각이었다. 요 며칠 그의 행보를 보자면 도무지 예상하기 힘든 인물이었기 때문이다. 레지스탕스를 소탕하겠다는 의지는 누구보다 강한데 그 과정을 보면 그야말로 중구난방이 아닌가.

언제 어떤 이유로 그에게 걸려들어 괴롭힘을 당할지 도무지 알기 힘들 정도였다.

"샤갈 가주를 표적으로 하더니 갑작스레 아르메니우스 시장을 조사하지 않았습니까? 물론 무혐의로 결론 내린 것 같지만 또 언제 클라니우스 가문으로 들이닥칠지 알 수 없는 게 사실입니다."

타우렌 의원도 참사관 시리우스에 대해서는 혀를 내둘렀다. 시에서도 시리우스 때문에 대부분 긴장하고 있는 상태였다. 처음에는 아르메니우스 시장과 죽이 잘 맞더니 대놓고 그를 조사하는가 하면 그의 측근 로비우스를 반 죽여놓은 것만 봐도 일단 꽂히면 물불 가리지 않는 성격임에는 틀림없었다.

"그건 맞다. 뭔가 수상한 점을 발견하면 득달같이 달려드는 인물이니. 만일 샤갈 가주를 의심하거나 워리어스들에게서 수상한 점을 발견한다면 집요하게 물고 늘어질 것이다."

미카엘 지부장도 클라니우스 가문의 워리어스들이 불안해하는 이유에 대해서는 공감했다. 어쩌면 기회조차 없이 모든 게 실패로 끝날 가능성도 있었기 때문이다.

"지부장님. 이틀 후는 무리 같습니다. 최소 일주일 후라도 변경해야 합니다."

원로원에서 파견된 라파엘 소령은 이번 계획에 대해서는 꽤나 부정적이었다. 이틀 후는 준비하기에 너무 촉박했다.

"이미 결정된 일인데 듣겠는가? 그리고 그 사이 연락하는 것도 쉬운 일은 아니고."

"반란은 성공할지 모르지만 그들이 지부까지 무사히 오게 하려면 우리도 준비가 필요합니다. 과연 이틀 내로 가능하겠 습니까?"

라파엘 소령이 우려하는 부분은 워리어스들이 훈련소를 벗어난 이후였다. 다른 사람들의 눈에 띠지 않고 지부까지 데 려오기 위해서는 상당한 준비가 필요하다.

시경비대의 눈을 피하고 시민들의 눈도 피해야 한다. 자칫 지부의 위치가 발각될 위험이 있었기 때문이다.

"으음. 라파엘 소령! 자네 걱정은 공감하네. 나도 그 부분 이 마음에 걸리는군."

미카엘 지부장도 그 부분에 있어서는 같은 생각이었다. 이 틀이라는 시간은 너무 촉박했다.

"자칫 그들로 인해 우리 지부의 안전까지도 위태로워질 수 있습니다."

"알고 있네. 하지만 우리는 감수할 수밖에. 그들이 살아와야 우리의 염원이 이루어지네."

미카엘 지부장도 위험성은 인식하고 있었지만 그보다 더 큰 걸 위해서는 감수해야 한다고 보았다. 이번 반란은 단순히 워리어스들에게 자유를 주는 그런 의미가 아니라 탈로스 제국으로 인해 고통받는 모든 이에게 자유를 주는 것이기 때문이다.

"지금 참사관 시리우스가 우리를 찾기 위해 혈안이 되어 있습니다. 워리어스들을 돕기 위해 우리가 움직이는 게 쉽지 않습니다."

라파엘 소령은 여전히 걱정스러웠다. 필요성은 인식하면서도 감수해야 할 위험성이 지나치게 큰 탓이다.

"어쩔 수 없네. 카시아스라는 인물이 우리가 요구한다고 해서 거사 일을 변경할 리도 없고. 우리가 맞출 수밖에."

미카엘 지부장은 카시아스의 계획대로 받아들이기로 했다. 이틀밖에 남지 않았는데 클라니우스 가문에 있는 카시아스에게 계획을 변경하도록 설득하는 건 현실적으로 무리였기 때문이다.

"선택의 여지가 없다면 모든 상황에 대비해야 할 것입니다. 어쩌면 참사관의 군대와의 전쟁까지도 말입니다."

라파엘 소령도 그런 부분에 대해서는 인정했다. 하지만 반드시 성공하기 위해서는 그에 걸맞은 준비는 필요하다. 이번 일은 비잔티움 지부 전력을 다해야 하는 상황으로 판단했다.

"자네 말이 맞네. 최악의 상황에도 대비해야겠지."

"지난번에 말씀드렸듯이 붉은매를 소집하겠습니다."

라파엘 소령은 가장 과격한 수단을 제안했다. 붉은매는 레지스탕스의 실질적인 무력집단으로 탈로스 제국의 군대와 싸울 최정예 기사들이다.

붉은매가 소집된다는 건 전면전을 의미했고 비잔티움에 와 있는 참사관의 군대를 와해시키겠다는 의미다.

"으음. 붉은매를 소집하게 되면 전쟁은 불가피할 텐데……."

미카엘 지부장의 표정이 다소 굳어졌다. 레지스탕스의 활동 중 대부분은 게릴라전이다. 하지만 붉은매는 다르다. 그들은 전면전을 염두에 둔 자들이고 그들을 소집하게 되면 비잔티움을 장악해야만 한다.

그렇게 되면 탈로스 제국은 모든 전력을 기울여 비잔티움을 공격할 것이고 레지스탕스는 그에 맞서기 위해 다른 지역의 붉은매들까지도 소집될 것이다.

결국 대륙 전체가 전화에 휩싸일 수밖에 없었다. 그만큼 붉은매의 소집은 신중을 기하는 일이다.

"우리 지부가 드러날 수도 있는 상황입니다."

“붉은매가 비잔티움에 들어온다고 해도 마나 속박에서 자유롭지 않은 이상 큰 도움이 되지는 않을 걸세. 비잔티움을 벗어나서 전투를 벌인다면 모르겠지만 이곳에서는 참사관의 군대를 이길 수가 없네.”

미카엘 지부장은 붉은매의 소집에 대해서는 부정적이었다. 이후에 번질 전쟁이 두려워서가 아니다. 비잔티움을 붉은매만으로 장악할 수만 있다면 고려해 볼 만한 상황이다.

어차피 레지스탕스의 궁극적인 목표는 대제국 탈로스를 무너뜨리는 것이 아닌가.

문제는 비잔티움 전체에 장치되어 있는 마나 속박의 결계다. 그것이 발동되는 순간 최정예 붉은매 대부분은 마나를 사용할 수 없게 된다. 수적으로 앞설지라도 그 상태로는 절대로 참사관의 군대를 이길 수 없기 때문이다.

“해봐야 아는 일입니다.”

라파엘 소령은 물러서지 않았다.

“그게 가능하다면 우리는 이미 제국을 뒤엎었겠지. 안 그런가?”

“그건…….”

미카엘 지부장의 물음에 라파엘 소령은 반박할 수가 없었다. 이번 카시아스의 반란을 주시하는 이유도 결국은 마나 속박에서 자유로워질 수 있는 방법 때문이 아닌가.

그게 이루어지지 않고서는 대제국 탈로스의 군대와 맞서는 것은 불가능한 일이었다.

"그 때문에 카시아스 그자가 반드시 필요한 것이네. 우린 모든 준비가 되어 있어. 마나 속박에서만 자유로워진다면 대제국 탈로스는 무너지게 될 걸세."

"그럼 본래 계획대로 하시려는 겁니까?"

"붉은매 소집은 보류하도록 하지. 그들을 헛되이 잃어서는 안 돼. 마나 속박에서만 자유로워지면 그들은 제국을 무너뜨릴 수 있는 우리의 군대가 될 테니까."

미카엘 지부장은 마나 속박의 비밀이 밝혀진 이후에야 붉은매를 동원하기로 했다. 붉은매가 동원된 이후에는 거침없이 진격할 것이다. 대제국 탈로스가 무너질 때까지.

그때까지는 참아야 했다.

"하지만 첩보대와 전투조만으로 워리어스들을 데려오는 건… 아무래도 위험 부담이 너무 큽니다."

라파엘 소령도 미카엘 지부장의 말이 틀리지 않다는 것은 알지만 당장 눈앞의 문제가 너무 위태로웠기에 걱정스러웠다. 한두 명도 아니고 워리어스 수십 명에 그들의 짝까지 더하면 대인원이었다.

그 많은 인원을 사람들의 눈을 피해 지부로 데려오는 건 위험천만한 일이다.

“내게 생각이 있네. 참사관이 눈치채지 않도록 모든 자원을 동원할 생각이니 자네도 지금은 따라주게.”

“지부장님께서 그렇게까지 말씀하신다면… 알겠습니다.”

“고맙네.”

많은 위험은 따랐지만 일단은 지부 내의 힘만으로 카시아스의 반란을 돕기로 했다. 물론 카시아스의 반란이 성공해야만 가능한 일이겠지만 모두 그의 성공을 믿었다.

* * *

“여어! 샤갈! 요즘 얼굴 보기 정말 힘들구만.”

막시무스는 반가운 듯 인사를 건네며 들어왔다. 참사관에게서 풀려난 이후 깨달은 게 많은 모양이다.

“자네가 어쩐 일인가? 공사가 다망할 텐데 말이야.”

샤갈의 반응은 시큰둥했다. 찾아왔기에 들이기는 했지만 그다지 반갑지는 않았다.

“자네에게는 할 말이 없네. 뭐, 감정이 상했겠지.”

“쓰잘 데 없는 소리 하려거든 그냥 가게.”

샤갈은 잔뜩 찌푸린 얼굴로 외면했다.

“친구가 찾아왔는데 내칠 셈인가?”

막시무스는 얼굴에 철판이라도 깔았는지 꽤나 뻔뻔했다.

"친구? 친구가 그딴 짓을 하나?"

샤갈의 표정이 구겨졌다.

"일단 이야기나 좀 하지. 나도 할 말이 많네."

"별로 궁금하지는 않지만 들어는 보지."

"우선 이번 일은 미안했네. 자넬 레지스탕스와 엮으려 한 것 말일세. 뭐, 자네가 무슨 일을 당하리라고는 생각하지 않았네. 결국 밝혀질 줄 알았지. 다만 잠시라도 자네에게 갚아주고 싶었을 뿐이네."

막시무스는 시리우스와의 일에 대해서는 솔직하게 털어놓았다. 듣는 사람이 무안할 만큼 거침없었다.

"지난번에도 로비우스 그놈 때문에 나를 물 먹이더니 이번에도 그놈을 내세워 나를 해코지하려 들어?"

샤갈의 눈매가 사나워졌다. 막시무스에게는 벌써 두 번째 당하는 게 아닌가. 생각 같아서는 당장 쫓아버리고 싶었다.

"나라고 그런 인간 말종 같은 놈과 엮이고 싶겠나?"

"왜? 잘 어울리던데."

샤갈은 비웃음 가득한 표정으로 비꼬았다.

"말 말게. 참사관에게 끌려가서 정말 바들바들 떨었네. 옆방에서는 로비우스 그놈의 비명 소리만 들리지. 에휴."

막시무스는 어제의 일을 생각하면 아직도 가슴이 진정이 되지 않았다. 혹시라도 같은 꼴을 당하게 될까 봐 얼마나 두려웠던가. 다시는 겪고 싶지 않은 경험이었다.

"흥. 자업자득이지."

샤갈은 콧방귀를 뀌었다.

"아무튼 이번 일은 사과함세. 받아주게."

막시무스는 고개를 숙이고는 용서를 구했다.

"내가 왜 받아줘야 하나? 언제고 또 내 뒤통수를 칠 텐데."

샤갈은 그런 막시무스의 모습이 가식처럼 느껴졌다. 지난 번에도 마찬가지가 아니었는가. 언제든 기회가 되면 또다시 뒤통수를 칠 위인이라는 게 샤갈의 마음이었다.

"아니라니까. 내가 오죽했으면 그랬겠나? 사실 자네도 내게 잘한 일은 없을 텐데? 뒤통수로 치자면야 자네가 먼저지."

막시무스는 일방적으로 몰리는 게 억울했는지 샤갈에게 받았던 서운한 감정을 드러냈다.

"뭐라? 내가 자네 뒤통수를 쳤다고?"

샤갈은 황당한 표정으로 물었다.

"그럼 아닌가? 자네 가문이 불참한다고 해서 난 우리 가문이 우승하리라 믿어 의심치 않았네. 그런데 뭔가? 갈라파고스 가문에서 우승하지 않았는가?"

막시무스는 이번 시합을 거론하며 따졌다. 그걸 생각하면 사실 샤갈에게 미안한 마음도 없었다. 먼저 물을 먹인 건 샤갈이 아닌가. 자신은 피해자에 가깝다고 볼 수 있는 것이다.

"갈라파고스 가문에 패한 걸 왜 내게 따지지?"

샤갈은 시치미를 떼고 물었다.

"자네가 내 워리어스들에 대한 정보를 넘기고 약점들을 모조리 까발린 걸 내가 모를 줄 아나? 갈라파고스 가문의 힘이면 충분히 그 점을 이용해 대진표를 만들 수 있을 테고. 나로서는 이길 수 없는 싸움일 수밖에. 안 그런가?"

"크흠."

막시무스가 조목조목 따지고 들자 샤갈도 뜨끔했는지 헛기침을 하며 시선을 피했다. 그의 말대로 이번 시합에서는 분명 막시무스의 뒤통수를 치고 물을 먹인 게 맞기 때문이다.

자신의 이익을 위해 막시무스를 희생시켰으니 그의 말도 틀린 건 아니다.

"자네도 인정하게. 자네 때문에 우리 가문의 위신이 땅에 떨어졌고 난 얼굴을 들고 다닐 수가 없게 되었네."

"그거야 뭐……."

샤갈도 그 부분에 대해서는 달리 반박할 말이 없었다. 지금 오로도스 가문의 위상은 그야말로 땅바닥에 곤두박질쳤다는 걸 잘 알기 때문이다.

반면에 클라니우스 가문은 시합에 불참했음에도 더욱 그 위상이 올라갔다. 모두 갈라파고스 가문과의 관계를 알기 때문이다.

"자넬 탓하지는 않겠네. 나도 자넬 탓할 자격은 없지. 아무리 화가 났다고 해도 또다시 로비우스 그놈을 이용해서 자네를 공격한 건 잘못이니까."

"안다니 다행이군."

"그러지 말고 푸세. 미안하이."

막시무스는 샤갈과의 지난 은원은 모두 풀고 다시금 옛 친구로서 지내기를 바랐다. 서로 주고받았으니 탓할 필요도 없었다.

"크흠. 진짜 이번이 마지막이네. 다음에는 절대로 참지 않을 것이야. 알겠나?"

"알았다니까."

"뭐, 좋네. 나로서도 크게 당한 건 없으니까."

샤갈은 못 이기는 척 막시무스의 사과를 받아들이고 마음을 풀기로 했다. 대를 이은 사이여서인지 화가 날 때는 다시 보지 않을 것 같지만 막상 대면하고 이야기하다 보면 웬만한 건 서로 이해하는 것으로 봐서 친구는 맞는 모양이다.

"그나저나 자네는 등에 날개를 달았으니 참 부러우이."

"날개는 무슨."

막시무스는 샤갈이 그저 부러울 뿐이다. 샤갈은 싫지 않았는지 표정이 밝아졌다.

"갈라파고스 가문에 이어 이제는 차기 시장이 될 타우렌 의원님까지 모두 자네와 가깝지 않은가?"

"자넨 아르메니우스 시장이 있지 않나?"

"아르메니우스 시장이 끝장난 거나 다름없다는 건 자네가 잘 알지 않나? 자네가 다음 시합부터 매 시합 콜로세움에서 타우렌 의원님을 공개지지 할 테고 갈라파고스 가문에서 그분을 전폭적으로 밀어주면 시장자리야 따놓은 당상이지. 그뿐인가? 밀라노 상단주 같은 거부까지 나서서 후원하는데 아르메니우스 시장이 무슨 수로 이기겠나?"

막시무스의 얼굴은 똥 씹은 것처럼 구겨졌다. 그간 수없이 공을 들였던 아르메니우스 시장의 몰락 때문이다.

클라니우스 가문에 워리어스의 실력으로는 매번 밀려왔지만 세르게이로 인해 한때 그 명성을 넘어선 일도 있었고 아르메니우스 시장의 도움으로 클라니우스 가문보다 더한 대우를 받은 일도 있었다.

하지만 그 모든 게 허무하게 사라져 버린 것이다.

얼마 전까지만 해도 다음 시장자리 역시 아르메니우스 시장에게 돌아갈 것이라 생각했는데 판세가 완전히 뒤집혀 버렸다.

타우렌 의원이 갑작스럽게 치고 올라오더니 이제는 완전히 대세가 기울어 버린 것이다.

게다가 참사관 시리우스가 아르메니우스 시장 주변을 한

번 휘저어 버린 후로는 그를 지지했던 자들 태반이 손을 떼버
렸다.

게다가 가장 큰 돈줄인 로비우스는 죽기 직전까지 가지 않
았는가. 아르메니우스 시장이 아무런 힘도 쓰지 못한다는 걸
경험한 이들이 그의 주변에 붙어 있을 까닭이 없는 것이다.

"그건 그렇지. 상황파악은 제대로 하는군."

샤갈은 만족스러운 얼굴로 말했다.

"나도 좀 살려주게."

막시무스는 매달리다시피 부탁했다.

"내가 무슨 힘이 있다고."

"왜 그러나? 지금 대세는 클라니우스 가문이라고 다들 난
린데. 나도 좀 끼워주게. 부탁일세. 친구 좋다는 게 뭔가?"

"이거야 원."

막시무스의 애원에 샤갈은 멋쩍은 표정을 지었지만 싫지
는 않은 모양이다.

"내 앞으로 잘함세. 이번에 깨달았네. 로비우스 같은 놈하
고 엮여서 좋을 게 없다는 걸. 정말 간이 오그라들어 혼났다
네."

막시무스는 샤갈의 손을 붙잡고는 매달리다시피 했다. 이
번에 단단히 혼쭐이 난 모양이다.

"참사관의 성격이 좀 과격하기는 하지."

시리우스를 떠올리자 절로 고개가 끄덕여졌다. 늦은 밤에 다짜고짜 찾아와 아낙수나문을 내놓으라고 할 때부터 여간 괴팍한 인물이 아니라는 걸 깨달은 것이다.

"과격이 다 뭔가? 정말 죽는 줄 알았다니까? 로비우스 그놈은 아마 지옥을 맛봤을 걸세."

막시무스는 로비우스의 비명 소리를 떠올리자 온몸에 소름이 돋을 지경이다.

"하하하. 그거 아주 쌤통이군."

샤갈은 직접 보지는 않았지만 듣는 것만으로도 통쾌했다. 로비우스에게 두 번씩이나 당했는데 이번에 제대로 갚아준 셈이다.

"뭐, 치유의 돌로 낫긴 했겠지만 다시는 기억하고 싶지 않을 걸세. 비명 소리만 듣던 나도 얼마나 오금이 저렸는데."

"그런 놈은 아예 참수를 시켰어야 했는데 아쉽군."

샤갈은 로비우스가 당한 걸 생각하면 절로 입꼬리가 올라갔다.

"나도 좀 안 되겠나?"

"자네가 그리 말한다면⋯ 알겠네. 자리를 마련해 보지."

막시무스의 거듭되는 부탁에 샤갈은 마지못한 척 수락했다. 사실 막시무스와 대적하는 건 샤갈에게는 도움이 되지 않는다. 오로도스 가문이 있기에 클라니우스 가문이 더욱 돋보이는 게 아닌가.

오로도스 가문마저 없다면 비잔티움에서 클라니우스 가문을 상대할 만한 가문은 없다.

그렇게 되면 싱겁고 일방적인 시합이 될 것이고 시민들의 열기는 단번에 식을 것이다.

콜로세움을 뜨겁게 달구기 위해서도 오로도스 가문은 필요했다. 샤갈은 그 점을 잘 알고 있었다.

오로도스 가문이 클라니우스 가문 위에 올라서는 건 용납할 수 없지만 오로도스 가문의 위세가 꺾여서도 안 된다는 것을.

"고맙네. 역시 친구밖에 없어. 앞으로는 모든 일을 자네와 상의하겠네. 정말이야."

"뒤통수나 치지 말게."

"어허. 그런 일 다시는 없다니까."

샤갈이 수락하자 막시무스의 표정도 환해졌다. 클라니우스 가문만큼은 아니어도 갈라파고스 가문과 친분을 맺으면 이전의 위상은 다시 찾을 수 있었기 때문이다.

지금은 그것으로도 만족했다.

"일단 타우렌 의원님과 자리를 마련해 보지. 자네도 그분을 공개적으로 지지하고 나선다면 내년 선거는 치르나 마나 겠지."

“아르메니우스 시장의 표정이 훤히 보이는구만.”

“후후. 그 너구리 같은 늙은이는 끝장이지.”

샤갈은 기분 좋게 웃었다. 아르메니우스 시장 때문에 불리한 대진표를 받아든 게 몇 번이던가. 항상 뭔가를 내놓기만을 바라고 해주는 것도 없으면서 갖은 폼을 잡던 모습은 샤갈에게는 역겨운 기억으로 남아 있었다.

“오늘은 모처럼 한잔할까?”

“아니. 사실 선약이 있네. 타우렌 의원님과 한잔하기로 했거든.”

“나도 좀 안 되겠나?”

막시무스의 눈빛은 꽤나 간절해 보였다.

“오늘은 그렇고 다음에는 같이 보세. 미리 언질도 없이 자네를 데려가면 결례가 될 수도 있으니까.”

“알겠네. 좋은 시간 보내게. 자네만 믿겠네.”

막시무스가 이렇게나 저자세로 나오자 샤갈의 어깨에는 자연스레 힘이 들어갔다.

CHAPTER
09

내일의 태양을 위해

클라니우스 가문 집무실.

"가주님! 부르셨습니까?"

이른 시각 샤막은 주위의 눈을 피해 집무실로 왔다.

"일전에 말했던 일. 준비하고 있거라."

"오늘… 입니까?"

샤막의 가슴이 철렁 내려앉았다. 일전에 말했던 일이라면 한 가지뿐이다. 막시무스 가주를 제거하는 일. 오늘 밤은 반란을 일으키기로 계획된 날이 아닌가.

만일 오늘 막시무스를 제거해야 한다면 반란을 미뤄야 했다. 또한 자신은 함께하지 못하고 죽게 될 가능성이 높았다.

늦은 시간까지 친위대 대부분이 깨어 있을 것이고 반란이 성공할 가능성은 더욱 낮아지기 때문이다.

"오늘은 특별 자유시간을 허락하마. 오늘 하루 푹 쉬고 내일 밤 실행한다."

"알겠습니다."

샤막의 표정이 살짝 밝아졌지만 샤갈은 알아차리지 못했다. 샤막에게도 기회가 생긴 것이다.

"자신있지?"

"반드시 성공하겠습니다."

샤막은 결의에 찬 표정으로 말했다. 이제 기회를 얻었는데 못할 말이 뭐가 있겠는가. 지금은 샤갈을 만족시키는 게 최선이다.

"좋다. 내일 친위대가 안내해 줄 것이다. 너 혼자 해야 한다."

"반드시 막시무스의 목을 베겠습니다."

"그래. 기대하마."

샤막의 자신감 넘치는 모습에 샤갈은 만족한 듯 고개를 끄덕였다. 샤막이 전혀 눈치채지 못했다고 생각한 것이다.

사실 샤갈은 막시무스를 제거할 생각이 없었다. 당시에야 홧김에 그런 말을 했지만 곧바로 취소하지 않았던가. 지금도

마찬가지다. 지금 샤갈이 제거하고자 하는 진짜 인물은 샤막
이다.

샤막에게는 그저 미끼를 던졌을 뿐이다. 친위대와 훈련소
를 벗어나게 되면 샤막은 그들에게 소리없이 죽임을 당하게
될 것이다.

"그런데……."

"말해라."

"정말 자유를 주시는 겁니까?"

샤막은 샤갈이 자유를 주든 안 주든 개의치 않았지만 혹시
라도 그가 다른 의심을 할까 걱정돼 이번 일에 정말 자신이
목숨을 걸고 있다는 걸 보여주기로 했다.

"네가 성공한 후에는 돌아오지 않아도 좋다. 나도 널 쫓지
않을 것이다. 너는 이곳을 떠나 새 삶을 살든 아니면 로비우
스 그놈을 찾아가 복수하든 알아서 하면 된다."

"로비우스의 목을 벨 것입니다."

샤막은 만족한 듯 자신있게 말했다.

"그래. 그것도 좋겠지. 로비우스 그놈은 그래도 싼 놈이니
까. 성공하길 바란다."

"예. 가주님."

샤막의 반응은 샤갈을 만족시켰다. 샤막이 어떤 의심도 하
고 있지 않다는 걸 보여주었기 때문이다.

"아무에게도 말하지 않았겠지?"

"물론입니다."

"오늘 일과가 끝나면 별관에서 쉬어라. 벨포스에게는 말해 두마."

"감사합니다. 가주님."

샤갈과 샤막은 서로 다른 생각을 하며 대화를 끝냈다.

*　　*　　*

똑똑.

"가주님. 벨포스입니다."

"들어오거라."

꾸벅.

샤막이 나가고 시간이 조금 지났을 무렵 벨포스가 집무실로 찾아왔다.

"그래. 무슨 일이지?"

"지난번 시합 때 불참한 관계로 훈련에 소홀한 점이 있었습니다. 해서 오늘은 실전을 방불케 할 훈련을 했으면 합니다."

벨포스는 오늘의 훈련 일정에 대해서 보고했다.

"그래? 그것도 좋겠지."

"그래서 다른 훈련은 생략하고 연무실에서 대련을 시킬까 합니다. 가주님께서도 참관하시겠습니까?"

벨포스는 오늘이 거사일인만큼 워리어스들과 계획을 논의할 시간이 필요했고 친위대의 눈을 피할 수 있는 연무실 대련을 택했다. 하지만 혹시나 의심을 받을 수 있기에 처음부터 샤갈의 참관을 건의하고 나섰다.

"연무실 대련이면 꽤나 재미있겠군."

"그렇습니다. 실전과 다름없으니 볼 만할 겁니다."

"나도 보고는 싶은데 밖에 볼일이 있어서 안 되겠다. 테세우스님께서 오라시는구나."

샤갈은 아쉬운 듯 고개를 저었다. 연무실 대련이라면 샤갈도 특별한 일이 없는 이상 참관해 왔었다.

그곳에서는 마나를 사용하며 대련했기에 꽤나 긴장감 넘치는 싸움을 볼 수 있었기 때문이다.

또한 워리어스들의 실력을 정확히 파악할 수 있는 기회이기도 했다. 하지만 근래에 비잔티움에서 샤갈만큼 바쁜 인물이 또 있을까.

벨포스는 샤갈이 참관할 수 없다는 사실을 처음부터 알고 있었다. 이미 카시아스가 반란이 있는 날 샤갈을 하루 종일 밖에 붙잡아달라고 일리나에게 부탁했기 때문이다.

"그럼 워리어스들은 몇이나 준비시키면 되겠습니까?"

벨포스는 아무것도 모르는 것처럼 평소대로 행동했다.

"그럴 필요 없다. 오늘은 다른 일로 보자시니까. 아마도 사교적인 모임이겠지. 워리어스들은 훈련에만 전념하도록."

"분부대로 하겠습니다."

벨포스의 입꼬리가 살짝 올라갔다. 카시아스에게 미리 듣기는 했지만 그래도 과연 레지스탕스가 이런 부분까지 해줄 수 있을지 조금은 걱정스러웠는데 카시아스가 말한 그대로가 아닌가.

벨포스는 안도하면서도 오늘의 반란 역시 성공하리라는 믿음이 더욱 커졌다.

"그리고 수일 내로 아낙수나문은 갈라파고스 가문으로 보내야 할 것이다. 알고 있겠지?"

"물론입니다. 아내를 살려주셔서 감사드립니다."

벨포스는 내키지는 않았지만 고개를 숙여 감사의 뜻을 표했다. 샤갈은 처음부터 아낙수나문을 죽이려 했다. 벨포스는 샤갈에 대해서는 일말의 의리도 남아 있지 않았다.

"그래. 나도 마음이 불편했었는데 잘된 일이지. 하지만 너와 함께할 시간은 많지 않을 것이다."

"저는 괜찮습니다."

"그래. 테세우스님께서 네가 와서 훈련을 도와주기를 바라시니까 갈라파고스 가문에서 지낼 시간도 많을 것이다. 그럼 다치지 않게 잘 훈련시키도록 하거라.”

샤갈은 마치 자신이 자비를 베풀어 아낙수나문이 살 수 있었던 양 이야기를 늘어놓았다. 누가 보면 꽤나 둘을 걱정해 주는 것처럼 보였다. 그는 필요할 때는 누구보다 인자한 인물이다.

“예. 가주님. 그럼 치유의 돌을 사용해도 되겠습니까?”

“연무실 대련이라면 당연히 치유의 돌이 있어야겠지. 자. 받거라. 행여 불구가 되거나 목숨을 잃지 않도록 잘 관리하고.”

“신경 쓰겠습니다.”

벨포스는 치유의 돌을 품에 넣었다. 훈련이 끝날 때까지도 샤갈이 오지 않는다면 치유의 돌은 내일아침에 보고할 때 주면 된다. 지금껏 그래 왔으니 오늘 주지 않는다고 해도 의심하지는 않을 것이다.

이로써 벨포스는 워리어스들을 치료할 수단을 손에 넣게 되었다. 반란 중에라도 치명상을 입은 워리어스들을 살릴 수 있게 된 것이다.

“그래. 나가보거라.”

샤갈은 아무것도 모른 체 오늘 나가게 될 사교모임에 대한 생각에 가슴이 부풀었다.

연무실.

연무실에는 소환수와 투견 등 모든 워리어스가 모였다.

"오늘은 훈련장에 갈 필요 없이 이곳에서 일과를 보낸다. 가주님께 허락받았으니 눈치 볼 필요는 없다."

"다행입니다. 우리끼리의 시간이 필요했었는데. 다행히 가주가 허락했군요."

벨포스의 이야기에 카시아스는 꽤나 다행스러워했다. 연무실 대련을 허락하지 않았다면 친위대의 눈을 피해 이런저런 논의를 하기도 어려웠고 무엇보다 치유의 돌도 얻을 수 없었기 때문이다.

"우리가 더 열심히 훈련하겠다는데 반대할 이유가 없지."

"아무튼 잘하셨습니다."

"그래. 이제 오늘 밤인데 생각해 둔 계획은 있나?"

벨포스는 아직까지도 세부적인 계획을 세워둔 게 없었기에 다소 걱정스레 물었다. 기본적인 틀은 워리어스들의 힘으로 친위대를 제압하는 것이지만 아직 마나의 양이 부족한 워리어스들이 많았고 짝까지 보호하려면 적절한 계획을 세울 필요성이 높았기 때문이다.

"대충은요. 구체적인 건 같이 상의하지요."

"그래야겠지. 테일러! 야콥! 생각해 둔 건 있나?"

"우선 카시아스 생각을 들어보죠."

일단은 카시아스가 생각해 둔 방향을 기본 틀로 하기로 했다. 이번 반란은 처음부터 카시아스로 인해 시작되었고 지금껏 그의 역할이 대부분을 차지했기 때문이다.

"시간은 자정. 최대한 은밀히 움직여야 한다. 물론 발각되겠지만 그 시간을 최대한 늦추는 거지."

카시아스는 기본적인 뼈대에 대해서 우선 이야기했다. 친위대와의 싸움은 최소한으로 줄이는 게 관건이다. 그러자면 은밀함이 무엇보다 중요했다.

"훈련장을 벗어날 때까지는 발각되지 않을 거다."

테일러는 자신했다. 워리어스 훈련장에도 보초는 있었지만 가주의 저택과는 꽤 거리가 있었기에 상대적으로 경계가 소홀했기 때문이다. 샤갈은 기본적으로 워리어스들이 반란을 일으킬 것이라는 생각에 대해서는 꽤나 부정적인 인물이었기 때문이다.

"나도 그렇게 생각한다. 문제는 별관이야. 별관에 있는 짝들을 데려오려면 친위대와 충돌이 불가피해. 그 과정에서 희생되는 사람들도 있을 테고. 우리가 가장 신경 써야 할 부분이야."

카시아스도 훈련장을 벗어나는 일에 있어서는 크게 걱정

하지 않았다. 워리어스들의 능력을 믿기 때문이다. 또한 자신은 이미 예전의 힘을 넘어섰다.

충분히 돌발 상황을 극복할 자신도 있었다.

"별관 보초는 마스터께서 처리해 주셔야 할 것 같습니다."

카시아스는 가장 중요하고도 어려울 수 있는 별관에 대해서는 벨포스에게 부탁했다. 별관에서 머무는 사람은 벨포스뿐이다. 워리어스와 합류할 때까지는 그가 짝들을 보호해 줘야만 한다.

"출입구 쪽은 내가 처리할 수 있는데 문제는 순찰과 초소에 있는 초병이다. 출입구 보초가 없는 걸 금방 눈치챌 텐데. 나 혼자서 출입구와 초소까지 한꺼번에 처리하는 건 힘들다. 순찰들과 마주칠 수도 있고."

벨포스는 혼자서 은밀히 처리하는 것에 대해서는 자신이 없었다. 무작정 죽이는 거야 가능하겠지만 비상종을 울리기 전에 처리해야 하는 문제점이 있었다.

몸이 두 개가 아닌 이상은 아무리 벨포스라고 해도 무리였다.

"저와 함께하면 될 겁니다."

이때 샤막이 나섰다.

"네가?"

벨포스는 의아한 듯 갸웃했다. 샤막이 숙소에서 별관까지 몰래 잠입하는 것도 어렵지만 제때에 보초들을 제거해 주는 것도 현실성이 없었기 때문이다.

"오늘 별관에서 보내게 됐습니다."

"그래? 난 들은 이야기가 없는데?"

벨포스는 의아했다. 아침에 보고할 때에도 샤막에 대해서는 전혀 들은 바가 없는 것이다.

"전에 가주가 지시했던 일 때문입니다."

"설마 진짜 하겠다는 건가? 굳이 그럴 필요가 없을 텐데? 설마 오늘 밤은 아니겠지?"

벨포스의 표정이 굳어졌다. 샤막이 말하는 일이 무엇인지 알기 때문이다. 어제 막시무스의 방문으로 둘 사이가 다시 좋아졌고, 또 지금은 막시무스는 샤갈에게 걸림돌이 될 수 없는데도 굳이 그를 제거하려는 의도도 알 수 없었다.

더욱이 오늘 밤 샤막을 내보낼 생각이라면 반란은 미뤄야 한다. 준비하고 있는 친위대 속으로 짝들을 데려갈 수는 없었다.

"내일 밤입니다. 오늘이었으면 정말 큰일 날 뻔했습니다."

"그나마 다행이군. 그런데 이상해. 지금 막시무스 가주는 날개가 완전히 꺾였으니 굳이 제거할 이유가 없을텐데."

벨포스는 샤갈의 의도를 이해할 수 없었다.

"가주가 제거하려는 건 막시무스가 아닐 겁니다."

이때 카시아스가 나섰다. 카시아스는 샤갈의 의도를 단번에 알아차렸다.

"그럼 누구를?"

"샤막입니다."

"샤막을?"

벨포스는 왜 샤막을 굳이 죽이려는지 도무지 이해가 되지 않았다. 샤갈에게 샤막은 일개 노예일 뿐이 아닌가.

"며칠 내로 샤막은 갈라파고스 가문으로 가지 않습니까? 가주의 비밀을 알고 있는 샤막을 이대로 보낼 리가 없지요. 아마 가주는 내일 밤 샤막을 따로 불러내 제거하려 할 것입니다."

카시아스는 샤갈이 서둘러 샤막을 죽이려는 이유를 말해주었다. 이제 며칠 후면 샤막은 샤갈의 손에서 벗어난다. 샤갈에게는 치부와 같은 일을 알고 있는 샤막을 남의 손에 맡긴다는 건 샤갈의 성격상 있을 수 없는 일이다.

"으음. 그렇군. 지금 가주가 껄끄러워하는 건 막시무스 가주가 아니라 샤막이겠지."

벨포스도 그제야 샤갈의 의도를 알 수 있었다.

"다행입니다. 제가 별관에 머무를 수 있어서."

"샤막 네가 함께해 준다면 수월하게 처리할 수 있을 것이다."

벨포스는 샤막이 함께한다니 안심이 되었다. 샤막 정도라면 보초들을 제거하는 건 문제도 아니었다.

"그럼 별관 보초들을 처리하는 건 맡기겠습니다."

"차질없이 처리할 테니 걱정하지 마라."

"걱정은요? 우리가 마스터를 걱정할 리가 있겠습니까? 후후."

"훗. 그럼 집결 장소는?"

"별관 바깥쪽에 있는 정원으로 하지요. 나무들에 몸을 숨기기도 용이하니 말입니다."

"그럼 별관 밖 정원에서 모이는 걸로 하지."

워리어스와 짝들이 일차적으로 집결하는 장소는 별관 밖 공원. 그곳은 클라니우스 가문 내에서도 가장 외진 곳으로 연못과 작은 숲이 우거진 곳이다.

몸을 숨기기에는 안성맞춤이었고 훈련소와 별관의 중간에 위치하고 있었다.

"거기까지는 별다른 어려움 없이 진행되겠지만 문제는 그 다음입니다. 정원 밖은 친위대 연병장과 숙소입니다."

카시아스가 가장 걱정하는 부분은 바로 이곳이다. 훈련장을 지나는 관문은 다름 아닌 친위대의 숙소와 연병장. 그곳을 통하지 않고는 밖으로 나갈 수 없는 구조로 되어 있었다.

훈련장을 지을 때부터 이와 같은 일을 염두에 두고 만든 것이다.

"으음. 친위대가 평소 얼마나 철저하게 경계를 서느냐에 달렸겠군. 어쩌면 친위대 전원과 싸워야 할지도."

벨포스도 친위대의 숙소와 연병장을 통과하는 것에 대해서는 꽤나 우려가 되었다. 친위대 하나하나의 실력이 예사롭지 않았고 지금의 마나 상태로는 워리어스 하나가 친위대 하나를 상대하기 어려웠다. 물론 마나 수련의 효과가 뛰어난 자들도 있었지만 반수 이상은 친위대를 직접 상대하는 건 무리라고 보는 게 맞다.

"최악의 상황을 가정하면 그렇습니다. 하지만 지금껏 워리어스들의 반란이 성공한 예가 없고 클라니우스 가문 역시 대를 이어오면서도 이런 일은 없지 않았습니까? 경계가 느슨할지도 모릅니다."

"그러길 바랄 수밖에."

벨포스는 이 부분은 운에 맡길 수밖에 없었다. 재수가 좋으면 아무런 충돌 없이 연병장을 통과할 수 있다. 그 다음은 저택 앞을 지나 바로 정문이다.

그 문만 벗어나면 자유가 기다리고 있었다.

"만일 전투가 시작되면 짝들이 다치지 않도록 우선적으로 이동시켜야 합니다."

"그럼 전투조와 호위조로 일단 나눠야 하지 않을까?"

“저도 그렇게 생각합니다. 호위조는 짝들이 안전하게 빠져 나갈 수 있도록 돕는 데 전념해야 합니다. 그리고 전투조는 그들이 빠져나갈 수 있도록 어떻게든 막아야겠지요.”

카시아스는 최대한 짝들이 안전한 방향으로 계획을 잡았다. 마나가 상대적으로 부적한 워리어스들은 호위조에 들어가 길안내를 맡고 친위대를 상대할 정도의 워리어스들은 전투조가 되어 짝들이 모두 나갈 때까지 자리를 지켜야 한다.

“레지스탕스와 만나기로 한 장소는 어디지?”

“르느와르 공원입니다.”

“르느와르 공원이면… 가까운 거리는 아니군.”

집결 장소가 생각보다 멀었다. 이렇게 되면 클라니우스 가문을 벗어났다고 해서 안심할 상황은 아니다. 르느와르 공원에 도착할 때까지 쫓아오는 추격대는 물론 그 사이 시경비대나 사람들의 눈에 띌 수도 있었기 때문이다.

“친위대를 따돌리는 것까지 감안하면 적당한 거리입니다. 그리고 르느와르 공원 쪽으로 가는 길은 한산한 곳으로 자정 즈음에는 인적도 없을 것입니다.”

카시아스의 생각은 달랐다. 우선은 도움을 주기로 한 레지스탕스의 안전도 중요하다. 레지스탕스의 본거지가 발각되면 워리어스들이 머물 곳도 사라져 버린다.

카시아스는 머물 곳을 제공하는 것 외에 무력적인 부분의 도움까지 받을 생각은 없었다.

"알겠다. 그럼 자정에 약속한 대로 하는 걸로 하지."

벨포스는 일단 긍정적으로 생각하기로 했다. 시작도 하기 전에 나쁜 생각을 할 필요는 없다. 여기까지 왔으니 이제는 돌아갈 수도 없었다. 무조건 성공해야만 한다.

삶과 죽음 두 가지만이 있을 뿐이다.

"내일의 태양은 저 담벼락 밖에서 보게 될 것입니다."

카시아스는 각오를 다지며 손을 내밀었다.

"모두 살아서 만나자!"

척! 처처척!

모두의 손이 하나로 포개졌다. 이들은 단 한 번도 성공한 일이 없는 발렌티아 대륙의 역사를 쓰려 하고 있다.

CHAPTER
10

역사는 바뀐다

자정이 되자 잠이 든 것처럼 보이던 워리어스들이 하나둘 눈을 뜨기 시작했다.

"시간 됐다."

"다들 대기 중이야."

카시아스는 바깥의 기척을 살폈다. 복도 끝에 서 있는 보초 하나. 다른 방의 워리어스들도 신호를 기다리고 있었다.

"로베르토! 복도 끝에 있는 병사를 맡아줘."

"알았드라고. 이거 한 방이면 된다니께."

모두 긴장하고 있었다. 이제 시작하면 돌이킬 수 없다. 이

문을 나서는 순간 자유와 죽음 둘 중의 하나만이 기다린다.

"자. 시작하자."

카시아스의 신호가 떨어지자 로베르토가 문을 열어젖히고는 쏜살같이 튀어 나갔다.

쉬이이이잇.

"커헉."

로베르토의 단검이 순식간에 보초의 목줄기를 꿰뚫었다. 비명도 지르지 못한 채 절명했다.

샤샤샤샤샷.

터억.

카시아스는 보법을 이용해 빠르게 달려가 보초의 시체가 바닥으로 쓰러지지 않도록 낚아챘다.

"현관에 둘도 부탁해!"

"염려 붙들어 매드라고!"

쐐애애애액.

퍼퍽.

"크윽."

"꺼억."

로베르토의 단검 두 개가 동시에 날아가 정확히 보초들의 목줄기를 꿰뚫었다. 로베르토의 단검실력이 돋보이는 순간이다. 과연 주특기인 만큼 실수는 없었다.

로베르토 덕에 워리어스 숙소 내는 빠르게 정리가 되었다. 다른 방의 워리어스들도 나와 합류했다. 이제 밖으로 나가는 일만 남았다. 밖에는 출입구를 지키는 병사들과 그 건너편 초소의 병사들이 있다.

그들이 비상종을 울리기 전에 제압하는 게 관건이다.

"이제 출입구와 초소의 병사들을 제거한다. 혹시 순찰이 돌지 모르니까 주변경계 확실히 잘 하고. 로베로토! 넌 순찰과 마주치면 빠르게 제압해."

"알았당께."

돌발 상황이 될 수 있는 순찰들은 이번에도 로베르토에게 맡겼다. 원거리 공격이 가장 정확한 로베르토가 적격이다.

"테일러! 야콥! 부탁한다."

"알았다."

"맡겨둬."

이번에는 워리어스들의 리더인 테일러와 야콥이 나섰다. 그들은 서로 눈짓을 하며 호흡을 가다듬었다.

쉬이이잇.

"커헉!"

우두둑.

"끄으윽."

테일러와 야콥은 순식간에 출입구와 초소의 병사들을 숨

통을 끊어놨다. 과연 서열 1위다운 모습이다.

저벅저벅.

"쉿. 순찰이다."

하필 이맘때 앞을 지나가는 순찰들. 모두 기척을 죽이고 그림자 사이로 몸을 숨겼다.

"뭐야? 다 어디 갔어?"

"또 어디서 농땡이 피는 거겠지. 쳇. 이놈들 하여간."

"그러다 한번 호되게 당해봐야 정신을 차리지. 쯧쯧."

"사실 보초를 설 필요도 없지. 워리어스들이 반란을 일으킬 것도 아니고."

순찰들은 태평하게 투덜거렸다. 보초들이 워리어스들에게 당했다고는 꿈에도 생각하지 못했다.

쐐애애애애액.

퍼퍽.

"커허헉!"

"끄으윽."

로베르토의 단검 두 개가 섬광처럼 날아와 그들의 숨통을 끊어놨다. 그들은 자신들이 왜 죽는지도 미처 깨닫지 못하고 숨을 거뒀다.

"숙소 주변은 정리됐다."

"뒤쪽 초소도 처리했다."

“수고했어. 이제 정원 쪽으로 가자. 마스터와 샤막이 잘해 줘야 할 텐데.”

이어지는 보고에 카시아스는 고개를 끄덕였다. 예상했던 대로 숙소를 벗어나는 일은 그리 어렵지 않았다. 상대가 전혀 대비하지 못하고 있는 만큼 워리어스들의 실력을 감안하면 수월한 일이었다.

문제는 별관 쪽이다.

그쪽은 벨포스와 샤막 둘뿐이다. 그 둘에게 모든 게 달려 있었다. 그들이 실패한다면 이번 반란은 성공한다고 해도 상처가 더 클 것이다.

“별일 없을 거다. 마스터잖아.”

“하긴. 최대한 기척을 죽이고 움직이자.”

워리어스들을 이만큼 키워온 마스터 벨포스의 능력을 믿기로 하고 모두 만나기로 한 공원을 향해 빠르게 이동했다.

스스스슷.

제법 빠른 속도로 이동했음에도 발소리는 나지 않았다. 그들은 마나를 운용해 보법을 시전했고 최대한 그림자 사이로 지나쳐 갔다. 싸움이라면 누구에게도지지 않는 워리어스들이니 이 정도는 당연한 모습이다.

“있어?”

“아직 안 온 것 같은데?”

공원에 도착한 워리어스들은 은밀히 주변을 살폈지만 인기척이 없었다.

"잘못된 것 아니여? 같이 가보드라고."

로베르토는 발을 동동 구르며 불안해했다.

"아냐. 기다려 봐. 괜히 우리가 몰려가다 들키는 것보다는 마스터와 샤막을 믿어보자."

"이거 걱정돼서 미쳐불겠당께."

"침착해. 아직 갈 길이 멀다."

"알았드라고."

카시아스는 둘을 믿기로 했다. 괜히 많은 인원이 몰려가다가 들키기라도 하면 짝들에게는 더욱 위험해질 수 있었기 때문이다. 짝들을 무작정 기다려야 하는 워리어스들은 가슴이 바짝 타들어갔다.

약속된 시간보다 한참을 지나서야 별관 쪽에서 인기척이 느껴졌다. 모두 잔뜩 긴장한 채 그쪽 방향을 주시했다.

"카시아스! 저기!"

"마스터! 샤막!"

다행히 기척의 주인공들은 벨포스와 샤막이었다. 그 뒤로 짝들이 최대한 조용한 걸음으로 오고 있었다.

"걱정했지? 조용히 오느라 좀 늦었다. 알다시피 짝들은 보법을 시전할 수 있는 게 아니라서."

"무사히 오셔서 다행입니다. 부인은 좀 괜찮으세요?"

카시아스는 아무런 탈 없이 모두 오자 안도했다. 짝들의 걸음이 느려 늦은 모양이다.

"걷는 데는 지장이 없으니 괜찮다. 내가 부축하면 되니까."

"걸을 수 있어요. 제 걱정은 하지 마세요."

아낙수나문은 짐이 되지 않기 위해 노력했다. 이제 평생을 꿈꿔왔던 자유가 가까웠는데 아픔쯤은 견딜 수 있었다.

"카시아스!"

"티아라! 조금만 참아. 이제 곧 자유야."

"네."

카시아스는 티아라의 어깨를 가볍게 감싸주었다. 내색하지는 않았지만 티아라의 어깨가 가늘게 떨리고 있었다. 꽤나 두렵고 긴장될 것이다.

"우리 앤! 겁먹지 말드라고."

로베로트도 앤을 꼭 끌어안았다. 어쩌면 이게 마지막이 될지도 모르는 순간이다.

"겁은요? 얼마나 설레는데요."

티아라와는 달리 앤은 꽤나 밝은 모습이다. 그저 아닌 척을 하는 게 아니라 정말로 즐거운 듯했다.

"큭큭. 우리 앤은 뭔가 틀려도 틀리다니께."

로베르토는 그런 앤이 더욱 귀여운 모양이다.

"후후."

카시아스는 절로 웃음이 나왔다.

"카시아스! 이제부터가 고비다. 친위대 숙소를 지나야 한다."

벨포스는 긴장한 얼굴로 말했다.

"일단 처음 정했던 대로 나누기로 하지요."

"알겠다. 전투조는 우선 보초를 제거하고 호위조는 신속하게 짝들을 이동시킨다. 최대한 조용히 움직이고 전투가 벌어진다고 해도 짝들을 이동시키는 데 전념한다."

벨포스는 처음의 계획대로 짝들을 호위하고 안내할 호위조와 그들에게 시간을 벌어줄 전투조로 나누기로 했다.

"로이! 세스크, 로드웰! 제이콥! 너희가 각각 호위조를 이끈다. 짝들이 무사히 빠져나갈 수 있도록 최선을 다해라."

"알겠습니다."

"걱정하지 마십시오."

호위조는 소환수와 투견의 서열 3, 4위들이 맡았다.

"테일러! 야콥! 보초들을 제거하고 친위대가 밖으로 나오는지 경계해라."

"예. 마스터!"

“알겠습니다.”

친위대 숙소 앞의 보초들은 테일러와 야콥이 맡기로 했다. 실수가 없어야 하는 만큼 서열 1위들이 나서야 했다.

“움직여라!”

스스슷.

벨포스의 명령에 테일러와 야콥이 최대한 보법을 시전해 보초들에게로 향했다.

쉬이이익.

“커헉!”

슈가가각.

“끄윽.”

보초들은 아무런 기척도 느끼지 못한 채 숨이 끊어졌다.

“이쪽으로!”

짝들은 호위조를 따라 친위대 연병장을 가로질러 갔다. 주변의 보초들은 제거했지만 순찰과 마주칠 위험은 남아 있었고 무엇보다 숙소에서 불시에 나올 수 있는 친위대가 가장 큰 걸림돌이었다.

또한 샤갈이 있는 저택 내부에도 만만치 않은 수의 친위대들이 상존하고 있었기에 훈련소를 벗어날 때까지는 안심할 수 없는 상황이다.

“마스터! 부인 곁에서 돌보시는 게 낫지 않겠습니까? 걷는 것도 꽤나 힘들 텐데요."

카시아스는 몸 상태도 좋지 않은 아낙수나문의 곁에서 부축하기로 했던 벨포스가 전투조에 남아 있자 마음에 걸렸다. 아낙수나문은 채찍으로 맞은 상처에 독이 올라 지금은 걷는 것도 힘든 상태라는 걸 알기 때문이다.

지금도 고열에 몸이 뜨겁고 걸을 때마다 등의 상처가 옷에 쓸려 무척 고통스러울 것이다.

보는 사람도 마음이 안 좋은데 벨포스의 입장에서는 얼마나 신경이 쓰이겠는가.

"워리어스 대부분이 마나가 부족한 상태인데 내가 빠지면 전력 공백이 너무 심하다. 네가 준 팔찌 덕분에 난 내 힘을 온전히 사용할 수 있으니 당연히 싸워야지."

벨포스는 단 한 명의 워리어스도 잃고 싶지 않았다. 이곳의 워리어스는 모두 벨포스가 키운 자들이다. 적어도 이들에게 자유를 안겨주고 싶었다.

그것을 위해서라면 자신의 모든 힘을 다할 생각이다. 아낙수나문은 고통스럽겠지만 죽지는 않는다. 미안해도 지금은 그런 선택을 할 수밖에 없었다.

"이대로라면 별다른 충돌 없이 빠져나갈 수도 있을 것 같습니다."

"그렇게 되길 바라야지."

친위대의 숙소를 지나 연병장을 가로지르는 동안 다행히 아무런 제지도 없었다. 짝들의 선두는 이미 연병장의 반 이상을 지나가고 있었다. 모두 계속 이렇게 시간이 지나기를 간절히 바랐다.

끼이이익.

이때 친위대 숙소의 문이 천천히 열렸다.

"허억."

"쉿."

모두는 그 자리에서 굳어서는 얼른 몸을 움츠렸다. 숨을 새도 없었다. 연병장 쪽으로는 짝들의 긴 행렬이 이어져 있었고 워리어스들이 몸을 숨긴다고 해서 짝들의 모습이 감춰지는 것도 아니다.

그저 연병장 쪽으로 시선을 주지 않기만을 바라야 했다.

"하아암."

쉬이이이이.

친위대원은 하품을 하고는 한쪽으로 가 소변을 보기 시작했다. 잠결이어서인지 연병장 쪽으로는 시선을 주지 않았다.

"보초 놈들은 어디 간 거야? 하여간 빠져서는."

끼이이이익.

볼일을 마치고 숙소로 온 친위대원은 항상 서 있던 자리에 보초들이 없자 한소리 하고는 문을 열었다. 모두 안도하며 그대로 들어가기만을 바랐다.

하지만 바람은 이루어지지 않았다.

"음? 뭐, 뭐야?"

친위대원의 시선은 연병장을 향하고 있었다. 그곳에는 여인들이 긴 행렬을 이룬 채 멈춰서 있었고 그 주변으로는 워리어스들이 자신을 노려보고 있지 않은가.

"눈치챘다."

쉬이이이잇.

가장 가까이 있던 워리어스 하나가 재빨리 달려가 검을 찔러 넣었다. 눈 깜짝할 사이에 벌어진 일이다.

터억.

하지만 친위대원은 몸을 틀며 팔목을 잡았다. 과연 친위대원의 실력은 평범하지 않았다.

휘리리리릭.

퍼어어억.

쿠당탕탕.

워리어스는 팔목이 잡히자 재빨리 몸을 틀며 회전해서는 턱을 차올렸다. 친위대원은 머리를 비틀어 급소는 피했지만 바닥에 나동그라졌다.

"크윽. 반란이다!"

슈가가가각.

"끄으으윽."

그 옆에 있던 워리어스의 검이 친위대원의 목을 베었지만 그전에 소리치는 것까지 막을 수는 없었다.

"뭐, 뭐야?"

"반란?"

땡땡땡땡땡.

단번에 친위대 숙소 안이 소란스러워졌고 곧바로 비상종이 울리기 시작했다. 가장 우려했던 상황이 벌어진 것이다.

"이런!"

"호위조는 계속 이동하라! 전투조는 친위대를 제압하라!"

이왕 벌어진 일. 가장 시급한 건 짝들을 밖으로 내보내는 것이다. 그녀들이 있으면 발목이 잡힌다. 짝들만 벗어나도 워리어스들은 어떻게든 빠져나갈 방법을 강구할 수 있다.

벨포스는 서둘러 지시를 내리고는 검을 빼 들었다. 이제는 삶과 죽음밖에 남아 있지 않다.

숙소에서는 친위대원들이 한꺼번에 몰려나왔다. 그들의 기세는 예사롭지 않았다. 마나가 부족한 워리어스들로서는 상대할 수 없었다. 이들을 일대일로 상대할 수 있는 건 벨포스와 카시아스 일행, 테일러와 야콥을 비롯한 상위 서열 정도다.

챙! 채채챙!

삽시간에 난전으로 치달았다. 다행히 숫자 면에서는 워리어스들이 많았고 그들은 부족한 마나를 숫자로 채워갔다.

"이놈들이 감히!"

"모조리 죽여라!"

친위대원들은 사정없이 검을 휘둘렀다.

"누구 맘대로!"

"덤비드라고! 다 조질탱께."

친위대원들과 워리어스들이 뒤엉켜 죽고 죽이는 싸움이 시작되었다. 서로 간에 비등한 싸움이 전개되었지만 벨포스와 카시아스만큼은 덤비는 친위대원들을 베어 나갔다.

이미 둘에게는 친위대원은 상대가 될 수 없었다. 둘의 활약으로 친위대원들은 점차 열세를 느끼게 되었다. 다행스러운 건 치명상을 당한 워리어스는 있어도 목숨을 잃은 자들은 없었다.

치유의 돌로 충분히 치유가 가능했던 것이다. 워리어스들은 치유의 돌이 있다는 걸 알기에 어떻게든 목숨을 잃지 않도록 서로를 도와가며 몸을 던졌다.

친위대원들을 점차 몰아붙일 때쯤 피투성이의 로이가 달려왔다. 얼핏 보기에도 목숨이 위태로울 만큼의 치명상이었다.

"마스터! 더 이상… 갈 수가 없습니다. 크윽."

로이는 무척 괴로워했다. 이대로라면 지금 당장 죽는다 해도 이상하지 않을 정도였다.

"무슨 말이냐? 우리가 싸우는 동안 어서 빠져나가라!"

벨포스는 앞의 상황을 전혀 이해하지 못했다.

"세스크와, 로드웰, 그리고 제이콥이 당했습니다. 그리고 호위조를 맡던 워리어스 상당수가 죽거나 치명상을 당했습니다."

"뭐야? 어떻게 그렇게 쉽게……."

로이의 보고에 벨포스의 가슴이 철렁 내려앉았다. 그들은 소환수와 투견의 서열 3, 4위의 강자들이다. 그들이 단번에 당할 정도라면 문제는 심각했다.

확실히 마나가 부족했다는 게 큰 약점으로 남은 듯했다. 그렇지 않다면 그들이 그렇게 쉽게 당하지는 않았을 것이다.

"가주와 저택에 있던 친위대가 이미 정문을 틀어막았습니다. 호위조로 뚫기엔 역부족입니다."

털썩.

로이는 더 이상은 힘겨웠는지 바닥으로 쓰러졌다.

"카시아스!"

"마스터! 이게 다 무슨 일입니까?"

벨포스의 부름에 카시아스가 달려왔다. 카시아스도 눈앞에 벌어진 상황에 당황했다.

"일단 부상당한 워리어스들을 치료해 줘라. 나는 카시아스와 먼저 가겠다."

벨포스는 치유의 돌을 다른 워리어스에게 건넸다.

"치명상을 당하지 않은 워리어스들은 모두 앞으로 이동한다! 앞부터 뚫는다!"

카시아스와 싸울 수 있는 워리어스들은 호위조의 앞쪽을 향해 달려갔다. 숙소의 친위대원들도 이미 자신들이 열세라는 걸 알고는 그쪽으로 도망간 후였다.

카시아스와 벨포스가 도착했을 때에는 워리어스들의 시체가 여기저기 널브러져 있었다. 그들은 치유의 돌로도 살릴 수 없다. 짝들은 겁에 질려 울먹이고 있었고 그 앞에는 샤갈과 친위대가 매서운 표정으로 서 있었다.

"이놈들! 감히 반란을 일으키다니!"

샤갈은 엄한 목소리로 호통을 쳤다.

"우리가 언제까지 노예로 있을 줄 알았소?"

카시아스는 그런 샤갈을 향해 한마디 했다.

"뭐라? 노예? 네놈들에게 얼마나 많은 특혜를 주었는데 노예 운운하느냐? 다른 노예들은 꿈도 꾸지 못하는 명예까지 주었거늘 감히 은혜를 져버려?"

샤갈은 카시아스를 향해 소리쳤다. 자신이 워리어스에게

꽤나 대단한 은혜를 베풀고 있다고 생각하는 듯 보였다.

다른 노예들과 달리 중노동을 하지도 않고 온갖 일을 시키지도 않는다. 그것만으로도 특혜라고 여기는 것이다.

"은혜라 했소? 짐승만도 못한 삶이 은혜? 아무 이유 없이 서로를 죽이는 게 은혜란 말이오?"

카시아스는 그런 샤갈이 기가 막혔다.

"워리어스라는 칭호가 아깝구나. 하찮은 노예를 거둬 영광스러운 자리에 올려놓았더니 고작 한다는 소리가 그것이냐?"

샤갈은 실망하는 기색이 역력했다. 정말로 워리어스들이 자신에게 고마워한다고 생각한 모양이다.

"당신들의 노리개가 되어 서로를 죽이느니 자유를 찾겠소."

카시아스는 확실하게 자신의 뜻을 말했다.

"말로 해서는 안 될 놈이군. 테세우스님께서 관심을 가지시길래 특별히 대우해 주었더니 건방진 놈!"

신참이나 다름없는 카시아스가 다른 워리어스들을 선동한 것이 샤갈로서는 꽤나 불쾌한 듯했다. 더욱이 요 근래 카시아스에게 배려해 준 일들을 생각하니 짜증이 밀려왔다.

"흥. 괜한 피를 보고 싶지 않으니 길을 여시오."

카시아스는 비록 샤갈이 고맙지는 않았지만 가능한 한 피를 보고 싶지는 않았다. 워리어스라는 이 짐승 같은 제도가 샤갈의 잘못은 아니기 때문이다.

"벨포스! 네놈마저 이 버러지들과 함께하다니 기가 막히는구나. 네놈에게는 다른 워리어스는 꿈도 꾸지 못하는 특권을 주었건만. 네놈에게 가정까지 꾸리게 해주었는데 나를 배신하려느냐?"

샤갈은 카시아스는 무시하고 벨포스에게로 시선을 돌렸다. 다른 워리어스는 몰라도 벨포스에게만큼은 거의 자유인에 가까운 특권을 주지 않았던가.

"가정이라 했소? 당신이 내게 준 게 가정이오?"

벨포스는 어이가 없었다.

"네놈은 매일 밤 네 짝과 함께 지낼 수 있었다. 워리어스 훈련 외에는 네놈에게는 거의 아무런 통제도 가하지 않았는데 결국 은혜를 원수로 갚는구나."

샤갈은 벨포스만이 누릴 수 있는 특권에 대해 구구절절 늘어놓았다. 분명 다른 워리어스에 비한다면 꿈도 못 꿀 특권임은 분명했다. 하지만 그건 받아들이는 입장의 차이일 뿐이다.

"당신이 내게 준 가정은 언제까지 유효한 것이오?"

"무슨 말이냐?"

샤갈은 벨포스의 물음에 고개를 갸웃했다. 무엇을 묻는 것인지 이해하지 못한 것이다.

"5년? 10년? 그게 영원하지 않다는 것은 당신도 알고 나도 알고 있소. 내 자식이 여기서 살 수 있을지 아니면 팔려가게 될지도 당신에게 달렸겠지. 내 말이 틀렸소?"

벨포스의 물음은 적나라했다. 특권으로 포장된 샤갈의 뱀 같은 말을 모두 격파할 만큼 핵심을 찔렀다.

"지금으로는 만족할 수 없다?"

"당신이라면 만족하겠소?"

"역시 버러지들에겐 자비보다는 매가 필요하군. 그래도 명예를 아는 놈들이라 생각했건만."

샤갈은 고개를 저었다. 워리어스들이 왜 자유를 원하는지 전혀 이해하지 못한 듯했다.

그저 탐욕스러운 버러지들로밖에는 보이지 않았다. 언제 죽어도 모를 노예들을 이만큼 키워준 것에 대한 은혜도 모르는 쓰레기 같은 자들일 뿐이다.

샤갈의 눈에는 그렇게 보였다.

"흥. 피에 미쳐 열광하는 쓰레기들의 웃음거리가 되기 위해 동료를 죽이는 일은 절대 명예가 아니오. 그것이 명예라고 생각한다면 당신이야말로 명예가 뭔지 모르는 것이겠지."

벨포스는 샤갈을 향해 일갈했다. 샤갈이 생각하는 명예와 벨포스가 생각하는 명예는 달랐다. 벨포스 역시 과거 군을 이끌었고 많은 사람의 위에 서 있었다.

그 역시 명예에 대해서 누구보다 많이 생각해 온 인물이다.

하지만 샤갈이 주장하는 게 명예가 아니라는 건 누구라도 알 수 있는 일이다. 지극히 건전한 상식만 가졌다 해도 말이다.

"건방진 놈! 이제 끝이라고 막말을 해대는구나."

벨포스의 일갈에 샤갈의 얼굴이 붉게 달아올랐다. 자존심이 꽤나 상한 듯했다.

"샤갈 가주! 우리를 조용히 보내주시오. 그럼 해치지 않겠소. 하지만 막아선다면 우릴 원망하지 마시오."

카시아스는 샤갈을 향해 경고했다. 사실 샤갈에게는 직접적인 감정은 없다. 이 세상과 체제에 복수하고 싶은 것이지 개인을 향해 울분을 토하고 응징하고 싶지는 않았다.

그래도 샤갈로 인해 지금까지 살아왔고 동료들도 생겼다. 의리는 아니지만 굳이 피를 보고 싶은 마음도 없었던 것이다.

하지만 동료들을 살리고 짝들을 보호하기 위해서 샤갈이 막아선다면 망설임없이 베어버릴 수 있었다.

"하하하. 철부지 같은 놈. 신참이나 다름없는 놈이 좀 대우해 주었더니 기고만장이구나. 반란이 성공할 것 같으냐?"

"물론이오."

"왜 지금껏 워리어스들의 반란이 성공하지 못했는지 모르나 보구나. 하긴 이곳에 온 지 오래되지는 않았으니까."

샤갈은 비웃음 가득한 얼굴로 훈계했다. 카시아스가 왜 반란의 선봉에 서 있는지도 의아했지만 이 세상에 대해서 아무런 물정도 모르는 철부지 정도로 본 것이다.

"과거는 관심 없소. 우린 그저 이곳에서 나가고자 할 뿐."

카시아스는 당당했다.

"보여주마. 네놈들이 얼마나 어리석은 선택을 했는지를. 그리고 고통 속에서 죽어가라!"

샤갈은 정문 쪽으로 걸어갔다. 그곳의 장식물에 손을 대고는 주문을 외우자 돌로 된 장식물이 낮게 울기 시작했다.

웅웅웅웅웅.

스파아아앗.

낮게 울던 장식물이 환한 빛을 머금나 싶더니 폭발하듯 사방으로 뿜어냈다. 모두 일시에 눈을 감았다 떴지만 외관상으로 변한 것은 아무것도 없었다.

"하하하하. 마나 속박에서 자유로울 수 있는 워리어스는 없다. 이것이 네놈들이 성공할 수 없는 이유다. 뭣들 하느냐? 이제 놈들은 마나 속박으로 힘을 쓸 수가 없다. 모조리 죽여라! 아니, 반란을 주동한 저놈들은 살려서 데려와라! 지옥이 무엇인지 친히 보여주리라!"

샤갈은 기분 좋게 웃어젖혔다. 워리어스들이 가장 두려워하는 마나 속박을 발동시킨 것이다. 지금껏 워리어스 중에는 단 한 명도 마나 속박에서 자유로운 자들이 없었다.

그것은 발렌티아 대륙의 역사다. 간혹 대륙에는 마나 속박에서 자유로운 자들이 나오기는 하지만 그건 일종의 돌연변이로 취급받는다. 아무도 그 이유를 모르고 또 알 수도 없다.

하지만 워리어스는 예외없이 마나 속박을 받는다는 게 진리와도 같은 정설이다.

"죽여라!"

샤갈의 명령이 떨어지자 친위대원들이 달려들었다. 그들은 무자비하게 검을 휘둘렀다.

부아아아아앙.

까아아아아앙.

불꽃이 튀며 날카로운 금속성이 울려 퍼졌다. 하지만 힘에 밀려 검을 놓칠 것이라는 예상과는 달리 워리어스의 검은 굳건히 자리를 지키고 있었다.

"허억!"

"이, 이럴 수가!"

친위대원들은 순간 움찔하며 물러났다. 마나 속박을 받는다면 마나를 사용할 수 없고 마나가 운용되지 못하면 순식간에 힘이 빠져나가 몸이 제 기능을 하지 못한다.

절대로 휘두른 검을 막아낼 수가 없는 것이다. 하지만 워리어스들은 태연히 서서 검을 막아냈다. 그 말은 마나 속박에서 자유롭다는 의미다. 놀란 것은 친위대만이 아니었다.

카시아스의 말에 따라 심장의 고리를 끊기는 했지만 과연 단전에 마나를 쌓는다고 마나 속박을 받지 않을까에 대해 의심했던 워리어스들도 막상 효과가 있자 꽤나 놀랐다.

"마나 속박? 흥. 그딴 게 통할 것 같으냐?"

쉬이이이잇.

"커허헉!"

슈가가각!

"끄윽."

이번에는 워리어스들이 먼저 공격했다. 멋모르고 달려왔던 친위대원들은 순식간에 워리어스들에게 목이 달아났다.

"마, 마나 속박이 통하지 않습니다."

"뭐, 뭐라? 그럴 리가 없다."

친위대의 보고에 샤갈의 얼굴이 딱딱하게 굳어졌다. 대륙의 역사상 이런 일은 없었다. 다른 자들도 아니고 워리어스가 마나 속박에서 자유롭다는 말은 들어본 일이 없다.

그것은 불가능하기 때문이다. 하지만 자신이 보기에도 워리어스들은 너무나 자연스러워 보였다.

대부분은 바닥에 쓰러져 괴로워해야 하는데 전혀 그런 모습을 보이는 자들이 없었다.

"전혀 움직임의 제약이 없습니다."

"말도 안 된다. 이럴 리가 없는데……."

샤갈은 머릿속이 혼란스러웠다. 지금의 상황을 도무지 이해할 수가 없었다. 워리어스 전원이 마나 속박에서 자유롭다니 이건 꿈에서나 가능한 일이 아닌가.

워리어스의 반란이 성공하지 못한 이유는 마나 속박 때문이다. 하지만 그게 깨진 이상 역사는 바뀔 수도 있었다.

"이제 알겠느냐? 오늘 이곳에서 단 한 번도 성공한 일이 없는 역사가 이루어진다는걸?"

카시아스는 샤갈을 향해 당당하게 외쳤다. 카시아스 역시 세르게이의 말을 들은 이후 이렇게 마나 속박을 다시금 체험한 일은 처음이다. 하지만 그의 말은 맞았던 것이다.

"모조리 죽여라! 마나 속박을 받지 않는다 해도 너희를 이길 수는 없을 것이다. 다 죽여라!"

샤갈은 반쯤 이성이 나간 채 친위대를 향해 고래고래 소리를 질렀다.

CHAPTER
11

칼바람, 잔혹한 숨결

챙. 채채챙.

까가가강.

친위대와 워리어스가 뒤엉키며 난전으로 치달았다. 짝들은 한쪽에서 두려움에 떨며 싸움을 지켜봤고 호위조도 앞으로 뛰어들어 격전을 벌였다.

판세는 비등했고 어느 쪽도 우위를 점하지 못했다. 친위대의 실력은 생각했던 것 이상이었고 친위대장 발카스와 그의 참모들의 수준은 벨포스와 막상막하였다.

과연 대를 이어 워리어스 양성을 해온 가문답게 클라니우스 가문의 친위대는 수준이 상당했다.

슈가가각.

"크으윽."

부가가각.

"커허헉."

친위대의 검에 쓰러지는 워리어스와 워리어스의 검에 쓰러지는 친위대의 숫자가 늘어갔다. 일체의 양보도 없는 공방 속에서 치유의 돌로 부상을 치료하는 건 불가능한 일이었다.

이대로라면 반란은 성공할 수 없었다. 시간이 지나 이곳에서의 소란이 전해지면 당장 시경비대는 물론 참사관의 군대까지 올 수 있었다. 시간은 워리어스의 편이 아니다.

"고작 저런 버러지 같은 놈들을 상대하는데 무슨 시간을 이리 끄는 것이냐? 정말 내 얼굴에 똥칠을 할 셈이냐?"

친위대가 다소 우세했지만 샤갈은 불만인 모양이다. 시경비대의 도움을 얻는 건 자존심 상하는 일이라고 생각한 것이다. 가문의 일은 가문 내에서 해결해야 한다는 게 샤갈의 생각이었다.

"배은망덕한 놈들! 제놈들의 외로움을 달래주기 위해 계집들까지 붙여줬건만 감히!"

샤갈은 화가 머리끝까지 치솟았다. 자신을 향해 존경을 보내야 할 자들이 칼끝을 겨누고 있다. 그것만으로도 샤갈의 분노는 끝없이 불타올랐다.

"좋다! 네놈들이 이런 식으로 나왔으니 나를 원망하지 말아라. 내가 준 것들은 다시 빼앗는 게 맞겠지. 큭큭큭."

샤갈의 웃음에서는 차가운 냉기가 흘러나왔다. 그의 눈빛은 그 어느 때보다 잔인해 보였다.

"저 계집들부터 죽여라!"

움찔.

샤갈의 명령이 떨어지자 일순 분위기가 경직되었다. 워리어스뿐만이 아니다. 친위대들까지도 잠시 검을 거둘 만큼 샤갈의 명령은 예상을 벗어난 것이다.

"발카스!"

"예. 가주님!"

"내 명이 들리지 않느냐?"

"아닙니다."

발카스는 잔뜩 긴장한 채 답했다. 샤갈의 기세가 남달랐기 때문이다. 지금껏 이렇게 화내는 모습을 한 번도 본 일이 없었다.

"나는 이미 명령을 내렸다. 저 계집들은 내가 준 것이니 다시 거두어가겠다. 뭣들 하느냐? 계집들부터 죽이지 않고!"

"명을 따릅니다! 계집들을 죽여라! 명령이다!"

"충!"

친위대장 발카스의 명이 떨어지자 친위대원 일부가 짝들을 향해 돌진했다.

슈가가각.

"꺄아아악!"

부가가각.

"아아아악!"

친위대는 보이는 대로 베기 시작했다. 검 한 번 잡아보지 못한 짝들은 아무런 반항도 하지 못한 채 친위대의 검에 하나둘 쓰러져 갔다.

부아아악.

"아아아악!"

친위대의 검이 가슴을 가르고 지나갔다. 벌어진 살 속에서 피가 뿜어져 나왔다.

"아낙수나문!"

벨포스의 다급한 외침이 이어졌다. 아낙수나문을 붉은 피를 흘리며 무릎을 꿇었다. 그녀의 눈동자는 벨포스를 향하고 있었다.

스으으윽.

다시금 친위대의 검이 위로 치켜 올라갔다. 저 검이 떨어져 내리면 아낙수나문의 목숨은 흩어질 것이다.

"안 돼!"

쉬이이이잇.

츄아아아악!

"마스터!"

"마스터!"

친위대의 검이 아낙수나문에게 떨어지는 찰라 벨포스가 달려들어 몸으로 막았다. 친위대에 반격할 틈도 없었다. 아니, 그럴 정신이 없었다. 벨포스의 눈에는 오직 아낙수나문의 가슴에서 뿜어져 나오는 피와 서글픈 눈동자만이 보였기 때문이다.

"여, 여보……."

"아낙수나문……."

둘은 서로를 마주봤다. 두려움은 없었다. 왠지 모르게 마음이 편해지는 느낌이다.

"당신과 함께했던 시간들이… 내게는 너무나 행복했어요. 고마웠어요, 내 사랑."

"당신이 없었다면… 난 살 수 없었을 거야. 고마웠어."

아낙수나문과 벨포스는 마지막으로 서로에게 마음을 전했다. 지금의 상황도 이들에게는 느껴지지 않았다. 그렇게 영원히 서로 함께하고 있었다.

푸우우우욱.

친위대의 검이 내려꽂혔다. 검은 벨포스를 뚫고 아낙수나문을 함께 꿰뚫었다.

츄아아아악!

검이 뽑히자 붉은 피가 뿜어져 나오며 사방으로 흩어졌다.

"마, 마스터……."

벨포스가 허무하게 목숨을 잃자 워리어스들의 사기는 급격히 떨어졌다. 이제는 성공할 수 없다는 절망감이 점차 물들어왔다.

부아아악.

"아아아악!"

여기저기서 짝들의 비명 소리가 들려왔다. 조금 전까지만 해도 자유를 얻을 수 있다는 희망은 온데간데없었다. 그야말로 아비규환. 절망과 고통만이 가득 메웠다.

"큭큭큭. 버러지 같은 연놈들이 죗값을 치렀구나."

샤갈은 벨포스와 아낙수나문이 목숨을 잃자 표정이 밝아졌다. 드디어 꽉 막힌 속이 뚫리는 듯한 기분이다.

"이, 이 짐승만도 못한 놈들이……."

카시아스는 온몸을 부들부들 떨었다. 분노였다. 걷잡을 수 없는 분노가 그를 가득 메웠다.

"큭큭큭. 왜? 화가 나느냐? 그것이 네놈들의 운명이다. 네 놈들은 버러지 같은 목숨일 뿐이다. 너희는 내게 반기를 들게 아니라 감사했어야 했다."

샤갈은 카시아스가 화를 낼수록 즐거웠다. 드디어 뭔가 되갚아준 것 같은 느낌이다.

"인간의 마음이라고는 눈곱만큼도 찾아볼 수가 없어. 너희는 인간이 아니다. 아무 죄 없는 사람들을 잡아와 노예로 만들어 서로를 죽이게 만들고 반항조차 못하는 여인들을 거리낌없이 도륙하며 웃는 자들을 어찌 인간이라 부를 수 있을까."

카시아스의 눈에는 이들이 사람으로 보이지 않았다. 사람으로서의 기본적인 감정조차 가지고 있지 않은 것 같다. 어떻게 이 잔인한 상황에서 웃을 수 있단 말인가.

세상에 귀하지 않은 목숨은 없다. 아무리 하찮아 보여도 누군가에게는 너무도 소중한 사람일 테니까.

"하하하. 말했지 않느냐? 그게 너희 연놈들의 운명이라고!"

샤갈은 카시아스를 더욱 자극하며 조롱했다.

"운명? 네까짓 게 운명을 말하느냐? 오냐! 내가 네놈들의 운명을 정해주마!"

저벅저벅.

카시아스는 앞으로 걸어나갔다.

"카시아스!"

"안 돼! 이성을 찾아!"

“뭐하는 거여?”

갑작스러운 카시아스의 행동에 모두 당황하며 소리쳤다. 카시아스는 마치 이성을 잃은 것처럼 아무런 방비도 없이 그저 걸어갔다.

“하하하. 이제 자포자기한 것이냐? 죽기가 소원이라면 죽여줘야지. 뭐하느냐? 저놈의 목을 베지 않고!”

“건방진 놈!”

쉬이이이잇.

친위대원 하나가 카시아스에게 쇄도하며 검을 휘둘렀다. 그의 검은 무척이나 빠르고 날카로웠다. 모두 카시아스의 목이 잘릴 것이라는 데 의심의 여지가 없었다.

후아아아악.

쩌저저저적.

친위대원의 검이 카시아스를 지나쳐 갔다. 하지만 카시아스는 멀쩡했다. 오히려 친위대원의 검이 반 토막이 나면서 그의 몸까지 반으로 쪼개져 버렸다.

“끄어어어억.”

털썩.

누구도 예상하지 못한 결말이다. 친위대원은 자신이 어떻게 죽게 되는지조차 모른 채 바닥으로 무너져 내렸다.

“허억.”

“뭐, 뭐냐?”

친위대는 움찔하며 물러났다. 아무도 카시아스가 검을 휘두르는 걸 보지 못했다.

“막아라! 벨포스! 저놈을 당장 죽여라! 어서!”

샤갈은 등골이 서늘한 느낌을 받았다. 난생처음이다. 아니, 이런 느낌을 받은 일이 있었다. 어릴 적 아버지와 함께 처음 콜로세움에 갔을 때 두 눈으로 보지 않았던가.

붉은 피를 뒤집어쓰고 악귀처럼 워리어스들을 토막 내며 마지막까지 살아남았던 자. 그의 강함에 혼을 빼앗길 뻔했었다. 그때 느꼈던 서늘했던 감정이 지금 되살아나고 있었다.

샤갈은 본능적으로 알고 있다, 지금 카시아스가 얼마나 위험한지를. 어떻게 신참이 이런 기세를 뿜어내는지는 알지 못했지만 이성적으로 생각한다면 피해야 했다.

하지만 그간 이루어온 업적은 샤갈을 버티게 만들었다. 그의 자존심은 결국 그를 가장 위험한 순간에 놓이게 만든 것이다.

“카시아스 저놈부터 죽인다! 참모들은 나를 따르라!”

“충!”

친위대장 발카스도 카시아스의 수준이 자신들의 예상을 뛰어넘는다는 걸 깨닫고는 참모들을 불러 모았다. 발카스는 물론 참모들 하나하나는 벨포스에 필적하는 실력이다.

제아무리 카시아스가 강하다고 해도 패하리라는 생각은 하지 않았다. 모두는 검을 곧추세우고는 틈을 살폈다.

쐐애애액.

발카스가 먼저 움직였다. 그의 검이 카시아스의 미간을 향해 폭사했다.

츄아아아악.

그와 동시에 참모들의 검이 일제히 사방에서 뿜어져 왔다.

"나의 칼바람은 폭풍이 되고 세상에서 가장 잔인한 숨결이 될 것이다! 짐승들에게 베풀 자비는 없다!"

후아아아앙.

휘리리리릭.

카시아스는 도와 함께 휘돌며 솟구쳤다. 마치 도와 하나가 된 것 같았고 도는 바람으로 변한 것 같았다.

까가가가강.

바람과 검이 맞닿았을 때 불꽃이 튀며 강한 반탄력에 친위대의 신형이 뒤로 밀려났다.

"위, 위험하다!"

벨포스는 뭔가 거대한 압박감을 느꼈다. 알 수는 없었지만 절대 맞설 수 없는 무언가가 짓누르는 느낌이다.

촤촤촤촤촤.

카시아스를 중심으로 휘돌던 칼바람이 순간적으로 사방을

휩쓸었다. 그의 바람은 칼날이었고 바람에 닿는 것은 모조리
베어졌다.

찌지지직.

파파파파팟.

미처 거리를 벌리지 못했던 참모들의 몸이 갈갈이 찢겨 나
갔다. 갈라진 살 속에서는 붉은 피가 뿜어지며 하늘로 치솟았
고 뼈가 잘리고 살이 잘려 산산조각이 났다.

"허억. 이, 이럴수가……."

벨포스는 눈앞에서 벌어지는 광경에 입을 다물지 못했다.
생전 이런 것은 본적이 없다. 어찌 칼이 바람이 되고 폭풍이
된단 말인가. 수많은 검술과 도법이 존재하는 발렌티아 대륙
이지만 이러한 수법은 단 한 번도 본 일이 없었다.

눈앞에 보이는 것은 칼바람뿐. 그것은 곧 폭풍이 되어 자신
을 덮칠 것이다.

발카스는 막을 엄두조차 내지 못했다.

스파아아앗.

칼바람 속에서 한줄기 빛이 뻗어나왔다. 마치 태양이 어둠
을 비치듯 섬광은 발카스를 가로질러 샤갈에게로 향했다.

"커허헉."

"끄으윽."

발카스와 샤갈이 동시에 무릎을 꿇었다. 그들의 가슴에는

커다란 구멍이 나 있었다.

끔뻑끔뻑.

샤갈은 뭔가 말해보려 입을 움직이지만 목소리가 나오지 않았다. 그의 눈빛은 충격과 공포로 물들어 있었다.

휘아아아앙.

칼바람은 더욱 거세게 휘몰아쳤다. 친위대원들은 칼바람에 하나둘 말려들며 온몸이 난자되고 형체를 알아볼 수 없을 정도로 산산조각이 났다.

부들부들.

"살, 살려……."

살아남은 친위대는 싸울 엄두도 내지 못했다. 그저 사신 앞에서 벌벌 떠는 가련한 존재일 뿐이다.

"카시아스! 그만!"

"카시아스! 이제 됐당께! 그만하드라고!"

샤막과 로베르토는 거의 이성을 잃고 복수심에 피를 탐하는 카시아스에게 소리쳤다. 지금 그의 머릿속에는 오직 한 가지 생각뿐이리라! 죽인다! 부순다! 찢는다! 자비라는 단어는 존재하지 않았다.

"카시아스! 이제 멈추세요! 부탁이에요!"

티아라가 울먹이며 외쳤다.

스스스스슷.

무엇이든 삼켜 버릴 것 같았던 칼바람이 서서히 멈췄다. 그 중심에는 지칠 대로 지쳐 있는 카시아스가 서 있었다. 그의 어깨는 축 늘어졌고 눈빛은 공허했다.

"카시아스! 이제 됐어요."

티아라는 카시아스에게 달려가 감싸주었다. 하지만 카시아스는 아무런 반응도 없었다. 지금 반란을 일으켰다는 생각조차도 하지 못하는 듯했다.

벨포스와 아낙수나문의 죽음과 동료들, 그리고 짝들이 학살되는 모습에 너무나 상처 입은 것이다. 자신으로 인해 그들이 목숨을 잃은 것처럼 느끼는 것이다.

반란에 가담시키지 않았다면 지금도 살아 숨 쉬고 있을 사람들이다.

"나 때문에… 나 때문에……."

카시아스의 눈에서 뜨거운 눈물이 흘러내렸다.

"카시아스! 누구도 너를 원망하지 않는다. 아니, 고마워하고 있다. 봐라! 저들의 눈빛을. 자유란 게 그냥 주어지는 건 아니잖아!"

샤막의 말에 카시아스의 눈동자가 흔들렸다. 수많은 눈이 자신을 바라보고 있었다.

"아직 끝이 아니여! 이대로 포기할 거여? 카시아스! 넌 해야 할 일이 있잖여? 우리에게 자유를 줘놓고 미안해하면 워찌

자는 거여?"

로베르토도 카시아스가 힘을 낼 수 있도록 위로했다.

"치유의 돌로 살릴 수 있는 사람들부터 살리자. 그리고 이 지긋지긋한 곳을 떠나자!"

카시아스는 감정을 애써 정리하고는 서둘러 필요한 지시를 내렸다. 아직 끝이 아니다. 살아남은 자들의 몫이 있지 않은가.

워리어스들은 숨이 붙어 있는 사람들을 찾아다니며 치유의 돌로 치료하기 시작했다. 다행스럽게 죽었다고 생각했던 사람들 중에 숨이 붙어 있는 사람들이 꽤 있었다.

생각보다 희생은 그리 크지 않았던 것이다.

*　　　*　　　*

르느와르 공원에는 레지스탕스에서 나온 요원들이 몸을 숨긴 채 카시아스 일행을 기다리고 있었다.

"이곳이 맞나?"

"르느와르 공원이 맞습니다."

"그런데 약속된 시간보다 많이 늦지 않나?"

우리엘 소령은 시간이 한참 지났는데도 카시아스 일행이 나타나지 않자 걱정스러웠다. 자정에 반란을 시작했다고 하면 벌써 이곳에 도착했어야 했는데 한 시간가량이나 지체된 것이다.

"추격대를 따돌리는데 시간이 걸리나 봅니다."

일리나 중위는 나름대로 좋은 쪽으로 생각했지만 걱정되는 건 마찬가지였다.

"만일 반란에 실패했다면? 카시아스는 몰라도 다른 워리어스들은 마나 속박에서 자유롭다고 장담할 수 없지 않나?"

우리엘 소령은 반란 자체가 성공하지 못했을지도 모른다는 생각이 강하게 들었다. 카시아스만 생각했지 나머지 워리어스들의 상태에 대해서는 깊게 생각하지 못한 탓이다.

"카시아스는 이미 다른 워리어스들도 마나 속박에서 자유롭게 되었다고 했습니다."

"그건 모르는 일이지. 그리고 클라니우스 가문의 친위대는 생각보다 강하다. 특히 친위대장 발카스! 그자와 그가 거느린 참모들은 능히 기사단 하나를 궤멸시킬 만큼의 실력자들이다. 만일 그들과 맞닥뜨렸다면… 힘들 것이다."

우리엘 소령은 과연 다른 워리어스들까지도 카시아스와 마찬가지로 마나 속박에서 자유로울지에 대해서는 반신반의했다. 또한 다른 문제도 있다.

친위대장 발카스.

그는 비잔티움만이 아니라 수도에까지 그 이름이 알려질

만큼 강자였다. 클라니우스 가문은 대대로 콜로세움에서 가장 많은 우승을 차지한 걸로도 유명했지만 친위대의 강함으로도 유명세를 탔다.

그중에서도 친위대장 발카스의 검은 가히 상대가 없을 만큼 뛰어났고 우리엘 소령도 그 이름을 알고 있을 정도다.

그들이 없는 틈을 타거나 직접 상대하지 않고 도망친다면 몰라도 맞닥뜨린다면 제아무리 워리어스들이라고 해도 이길 수 없다는 게 우리엘 소령의 생각이었다.

"그럼 어쩌지요? 지금이라도 우리가……."

일리나 중위는 우리엘 소령의 말에 가슴이 덜컥 내려앉았다. 친위대의 수준이 그 정도라면 그들만으로는 승산이 희박했기 때문이다.

"클라니우스 가문을 치자는 말이냐? 절대 안 된다!"

"하지만 카시아스가 죽게 되면……."

"으음. 마나 속박의 비밀을 풀 수 없다고 해도 어쩔 수 없겠지. 클라니우스 가문을 치는 건 너무 위험하다."

우리엘 소령은 고개를 저었다. 지금 이곳에 있는 건 전투조와 호위조뿐이다. 붉은매가 있다면 몰라도 이들만으로 클라니우스 가문을 치는 건 무모한 일이다.

또한 친위대장 발카스를 이긴다는 보장도 없었다. 그만큼 그의 친위대는 최강의 전사들이었기 때문이다.

“우리엘 소령님! 저기!”

“모두 경계를 흩뜨리지말고 대기하라!”

공원 끝자락에서 많은 인기척이 들려왔다. 요원들은 몸을 숨긴 채 언제든 공격할 준비를 했다.

“소령님! 카시아스에요! 반란에 성공했어요!”

“아아. 하늘이 도왔구나.”

가장 선두에 있는 카시아스의 모습을 일리나가 알아보았다. 우리엘 소령은 가슴을 쓸어내리며 안도했다. 이제 조금 후면 수백 년간 이어져 온 레지스탕스의 염원이 이루어지게 될 것이다.

“카시아스!”

“일리나!”

일리나는 카시아스에게 달려갔다.

“성공했네? 축하해.”

“고마워. 그쪽 사람들인가?”

카시아스는 하나둘 모여드는 사람들을 가리켰다.

“워리어스와 짝들을 호위해 줄 사람들이야. 이쪽은 우리엘 소령님! 여긴 카시아스예요.”

“반갑네. 반신반의했는데 해냈군.”

우리엘 소령은 반갑게 맞아주었다. 설마하니 정말 성공하리라고 누가 확신할 수 있었겠는가.

"동료들의 목숨 값이오."

카시아스의 표정은 어두웠다.

"으음. 유감이네. 하지만 여기서 이러고 있을 여유가 없네. 추격대와의 거리는 얼마나 되는가?"

우리엘 소령도 카시아스가 말하는 의미를 바로 알아챘다. 아무런 희생도 없을 수는 없다. 아마도 꽤 많은 동료가 희생당했을 것이다. 하지만 그런 감상에 젖을 여유는 없었다.

발카스와 친위대가 언제 따라붙을지 알 수 없는 일이다.

"추격대는 없소."

카시아스는 나지막한 목소리로 말했다.

"그게 무슨 말인가? 클라니우스 가문의 친위대가 추격해 올 텐데. 지금쯤은 시경비대에도 소식이 갔을지도 모르지."

우리엘 소령은 자신이 잘못 들은 게 아닌가 고개를 갸웃했다. 반란이 일어났는데 추격대를 보내지 않는다는 건 말이 안 되는 일이다.

"추격대는 없소. 그리고 시경비대에서 알려면 시간이 한참 지나야 할 것이오."

샤막이 나서며 말했다.

"그게 무슨 말인가?"

"살아남은 친위대는 모두 가둬놨소."

"설마… 친위대 전부와 싸웠단 말인가? 아니, 그런데 이겼다고? 친위대장 발카스와 참모들은?"

샤막의 설명에 우리엘 소령은 머릿속이 꽉 막히는 기분이었다. 도무지 믿을 수 없는 말이 아닌가. 클라니우스 가문의 그 친위대다. 발카스가 거느린 친위대 대부분이 죽었다는 말은 현실로 받아들이기에는 쉽지 않은 일이다.

"죽었소."

"그, 그런……."

우리엘 소령은 차마 말을 잇지 못했다. 발카스에 대한 무성한 소문들. 클라니우스 가문의 절대적인 강함. 그 모든 것이 지금 한순간에 무너진 것이다.

바로 워리어스들에 의해서.

"괜찮다면 우리가 머물 곳으로 안내해 주시오. 보시다시피 다들 지쳐 있소."

카시아스는 당장에라도 쓰러져 자고 싶었다. 무리해서 칼바람을 사용해 지칠 대로 지쳐 있었고 무엇보다 정신적인 충격에서 아직 벗어나지 못했다.

비록 짧은 시간이었지만 벨포스는 카시아스에게 많은 걸 주었다. 마치 전생의 설하문과도 비슷한 느낌을 받았었다.

벨포스를 끌어들인 사람도 자신이고 그를 설득한 사람

도 자신이다. 그에게 아낙수나문과의 자유와 행복을 약속하지 않았던가. 카시아스는 마음 한구석이 텅 빈 느낌이었다.

지금 당장은 아무런 의욕도 없었다. 그저 자신을 믿고 따라준 동료들과 그의 짝들이 안전할 수 있도록 마지막까지 돕는 게 할 수 있는 최선이었다.

"알겠네. 상단의 마차들이네. 저기 나눠서 타게."

우리엘 소령은 숨겨진 마차를 가리켰다.

"다들 마차에 타도록 하자. 마지막 순간까지 방심하지 말자!"

"그래. 걱정 마!"

"걱정하덜 말어. 내가 있으니께."

카시아스는 혹시 모를 위험에 대비하도록 했다. 레지스탕스 지부에 도착할 때까지는 끝난 게 아니다. 적어도 그 순간까지는 이들을 지켜줘야만 했다.

카시아스 일행이 마차를 타는 걸 지켜보던 우리엘 소령은 멍한 표정으로 중얼거렸다.

"그 발카스를 이겼다고? 그것도 참모들이 함께 있는데? 이걸 어떻게 받아들여야 할지……."

우리엘 소령은 아직도 친위대장 발카스와 참모들이 죽었다는 게 믿어지지 않는 모양이다.

“자세한 이야기는 가서 하시지요. 우리가 모르는 게 많은
것 같습니다.”
“그래야겠군. 이동한다! 경계를 단단히 하라!”
우리엘 소령은 머리를 세차게 흔들며 잡념을 떨쳤다.

CHAPTER
12

절규하는 운명이여

　레지스탕스 비잔티움 지부.

　미카엘 지부장을 비롯해 모두는 카시아스의 반란 소식을 기다리며 발을 동동 굴렀다.

　"지부장님! 워리어스들이 도착했습니다."

　"아아. 결국 성공했단 말인가……. 어서 안내해라! 어서!"

　"예."

　미카엘 지부장은 자리에서 벌떡 일어났다. 드디어 해낸 것이다. 발렌티아 대륙 역사상 처음으로 워리어스의 반란이 성공했다.

잠시 후 카시아스 일행이 들어왔다.

"모두 고생 많았네. 성공한 걸 축하하네."

미카엘 지부장은 환하게 웃으며 반겨주었다.

"당신은 밀라노 상단의……."

미카엘 지부장을 본 카시아스는 깜짝 놀랐다. 그는 갈라파고스 가문에서 봤던 밀라노 상단주였기 때문이다.

"밀라노 상단주이면서 이곳 비잔티움 지부장 미카엘이라고 하네. 이렇게 보게 되니 반갑군."

미카엘 지부장은 자신의 소개를 정식으로 했다.

"도움을 주셔서 감사드립니다. 레지스탕스의 도움이 없었다면 절대 성공하지 못했을 것입니다."

카시아스는 정중하게 고개를 숙이고 감사의 표시를 했다. 이들의 도움이 없었다면 반란은 시도조차 하지 못했을 것이다.

"동료들의 희생이 따랐겠지만 너무 마음 쓰지 말게. 그들도 자네들이 행복하기를 바랄 테니까."

미카엘 지부장은 카시아스 일행의 표정으로 봐서 지금 어떤 마음인지 짐작했다. 레지스탕스 활동을 하다 보면 이런 경우는 비일비재하지 않던가.

동료들의 희생은 그 어떤 목적을 이루더라도 슬플 수밖에 없는 것이다.

"마음 써주셔서 감사합니다. 그리고 약속했던 대로 마나 속박에서 자유로워지는 법을 말씀드리겠습니다."

카시아스는 이들이 가장 원하는 걸 주기로 했다. 이제는 비밀을 유지할 이유가 없었다.

"일단 쉬고 나서 말해도 되네. 많이 힘들 텐데."

미카엘 지부장은 당장에라도 알고 싶었지만 카시아스 일행의 마음을 배려해 쉬도록 했다. 함께 지내던 동료가 눈앞에서 죽었을 때의 기분을 너무 잘 알기 때문이다.

미카엘 지부장도 그런 슬픈 경험을 숱하게 하며 이 자리까지 왔던 것이다.

"아닙니다. 그동안 꽤나 기다리신 걸 압니다. 사실 간단한 방법입니다."

카시아스는 미카엘 지부장의 배려가 고마웠지만 이 자리에서 말하기로 했다. 마나 속박의 비밀이 엄청 까다롭다거나 오랜 시간 설명해야 하는 건 아니기 때문이다.

"자네가 괜찮다면야 우리로서도 고마운 일이지. 그래, 그 방법이 무엇인가?"

"이 세상에서는 대부분 심장에 고리를 형성해 마나를 쌓더군요. 맞습니까?"

"그렇네. 그 방법이 가장 효과적으로 마나를 쌓을 수 있는 방법이니까. 이미 수백 년 전부터 그리해 왔지.”

미카엘 지부장은 당연스레 대답했다.

모든 세상의 마나 수련법이 전해진 만큼 어떤 게 가장 효율적인지는 이미 오래전에 결론이 난 문제였기 때문이다.

“마나 속박에서 자유로우려면 그 고리를 끊어야 합니다.”

“그, 그런…….”

“그런 말도 안 되는…….”

카시아스의 주장에 여기저기서 당황하는 반응이 터져 나왔다. 그도 그럴 것이 누구나 처음에는 같은 반응이다. 그만큼 발렌티아 대륙에서는 심장에 고리를 형성해 마나를 쌓는 걸 당연시해 왔기 때문이다.

“그런 연후에 단전에 마나를 쌓으면 마나 속박에서 자유롭게 될 것입니다.”

카시아스는 마나 속박에 자유로운 방법을 말해주었다. 너무도 간단했다. 두 마디의 말이면 족한 것이다.

“그게…… 확실한가?”

미카엘 지부장은 너무나 간단한 방법에 허탈하기까지 했다. 하지만 과연 효과적인지에 대해서는 쉽게 받아들이기 힘들었다.

고작 마나를 쌓는 위치가 바뀐다고 해서 저주 같은 마나

속박에서 자유로워진다는 건 이해하기 힘들었기 때문이
다.

"그렇습니다. 저뿐만 아니라 여기 있는 워리어스 모두 마
나 속박에서 자유롭습니다."

"설마 일전에 마나 역류로 고생하고 있다고 말했던
게……."

카시아스의 이야기에 미카엘 지부장은 갈라파고스 가문에
서 처음 이들을 봤을 때가 떠올랐다.

당시에는 워리어스들 전부가 마나 역류에 시달린다고 해
서 의아했는데 이제야 아귀가 맞아떨어지는 것이다. 거기에
는 그런 비밀이 있었다.

"맞습니다. 당시는 심장의 고리를 끊은 지 얼마 되지 않아
마나가 텅 비었었습니다. 해서 마나를 쌓을 시간이 필요했습
니다."

"으음. 정말 효과가 있던가?"

미카엘 지부장은 여전히 반신반의했다. 과연 그런 방법이
실제로도 통할지에 대해서는 확신하지 못했다.

"당연해불제. 샤갈 그 싹퉁머리가 마나 속박만 믿고 까불
다가 골로 갔으니께."

이때 로베르토가 나서며 거들었다. 그의 말은 시원시원하
게 머릿속에 박혔다.

"그렇군. 간단하면서도 우리로서는 절대 생각할 수 없는 방법이었어. 허어."

미카엘 지부장은 잠시 생각에 잠겼다.

간단하지만 허를 찌르는 방법이다. 적어도 발렌티아 대륙 출신의 사람은 절대로 생각해 낼 수 없는 방법이 아닌가.

이들은 날 때부터 마나를 심장의 고리를 형성해 쌓는다는 걸 상식으로 여겨왔다.

그런 상식의 틀 속에서는 절대로 나올 수 없는 발상이다.

"괜찮다면 오늘은 쉬고 싶습니다."

"물론이네. 자네들이 머물 곳을 마련해 뒀네. 사실 계획을 급작스럽게 변경해 따로 숙소를 내주는 건 당장 어렵고 당분간만 인원을 나눠서 지내주게. 최대한 빨리 각자의 숙소를 마련해 주겠네."

"배려에 감사드립니다."

미카엘은 우선 여러 명씩 머물 수 있는 숙소를 내주었다. 이들의 인원에 맞게 준비하기에는 시간이 부족했던 탓이다.

"그럼 워리어스들과 여성 분들은 일단 쉴 수 있도록 안내하지. 그리고 샤막! 자네는 잠시 좀 보지. 카시아스와 친구라고 했으니 같이 있어도 되겠군."

미카엘 지부장은 다른 워리어스와 짝들을 숙소로 안내하도록 한 후 샤막과 카시아스만 따로 남게 했다.

"뭐여? 나도 친구라니께?"

"커험. 로베르토 자네도 그럼 있게."

샤막과 카시아스만 남게 하자 로베르토가 발끈하고 나섰다. 미카엘 지부장은 무안했는지 헛기침을 하며 일단은 그의 뜻을 받아들였다.

다른 워리어스와 짝들이 모두 나갈 때까지 미카엘 지부장은 한마디도 않은 채 가만히 서 있었다.

"무슨 일입니까?"

모두가 나가자 샤막은 궁금함을 참지 못하고 물었다.

"실은… 쥴리아 양이 이곳에 있네."

미카엘 지부장은 잠시 망설이다 입을 열었다.

"쥴, 쥴리아가 말입니까?"

"그렇네."

샤막의 가슴이 철렁 내려앉았다. 설마 이곳에 그녀가 있으리라고는 생각지도 못했다. 카시아스가 쥴리아를 부탁했다고는 말했지만 그 뒤로 어떻게 되었는지는 듣지 못했기 때문이다.

샤막은 반란에 성공하면 가장 먼저 쥴리아를 구할 생각이

었다. 그런데 그녀가 지금 이곳에 있다. 샤막의 가슴은 미친
듯이 두근거리기 시작했다.

"어디 있습니까? 당장 만나게 해주십시오. 부탁드립니다."

"그전에 알아야 할 게 있네."

"말씀하십시오."

샤막은 마음이 급했지만 미카엘 지부장은 바로 이야기할
수 없었다.

샤막이 감당하기에는 너무 커다란 충격이 놓여 있기 때문
이다. 미카엘 지부장의 표정은 꽤나 어두웠다.

"우리가 쥴리아 양을 구했을 때는 이미 몸 상태가 최악이
었네. 병이 너무 깊었어. 몸에 난 상처는 치유의 돌로 치료했
지만 자네도 알다시피 병은 고칠 수 없네."

미카엘 지부장은 쥴리아를 구할 당시부터의 사정을 이야
기했다.

만능의 물건 같은 치유의 돌도 병은 고칠 수 없다. 그 심
한 상처들을 치료하지만 하다못해 감기조차 어찌할 수가 없
다.

아이러니하지만 어쩔 수 없는 일이다. 쥴리아는 이미 죽음
의 문턱에 다다라 있었던 것이다.

"얼마나 상태가 안 좋습니까?"

샤막은 가슴 졸이며 물었다.

"지금까지 살아 있는 게 기적이네. 사실 수일 내로 숨이 끊어질 것이라고 생각했거든. 이미 의사도 손을 쓸 수 없는 단계였네."

미카엘 지부장은 사실대로 털어놓았다. 지금 마음의 준비를 하는 게 나을 것 같았기 때문이다.

"그럼… 쥴리아는 살 수 없는 겁니까?"

샤막의 목소리가 떨렸다.

"아마도 자네 때문에 악착같이 버티고 있는 것 같네."

미카엘 지부장의 눈동자가 살짝 흔들렸다. 의사를 비롯해 모두 쥴리아가 지금까지 살아 있으리라고 생각한 사람은 단 한 사람도 없었던 게 현실이다.

그만큼 쥴리아의 상태는 최악이었던 것이다.

모두 쥴리아가 숨을 이어가는 게 죽음마저 초월하는 정신력 때문이라고 보았다. 그리고 그 끈의 끝에는 샤막이 존재할 것이다.

"저 때문이라니요?"

"자네가 온다는 소식을 듣고는 어떻게든 자네를 봐야 한다며……. 크흠. 지금 가보겠나?"

미카엘 지부장은 말하다가 입을 다물고 애써 감정을 조절했다. 하마터면 눈물을 흘릴 뻔했다.

쥴리아의 현재 상황을 알고서도 눈물을 흘리지 않을 수 있

는 사람이 있다면 그는 이미 눈물이라는 게 메말라 버린 사람
일 것이다.

"예. 당장 보고 싶습니다."

"안내하겠네. 함께 가지."

미카엘 지부장은 무거운 마음을 이끌고 샤막과 일행을 쥴
리아가 있는 곳으로 안내했다.

똑똑.

"쥴리아 양! 잠시 들어가겠습니다."

미카엘 지부장과 함께 샤막 일행이 들어갔다.

"샤, 샤… 막……"

미카엘 지부장이 들어오자 쥴리아는 힘겹게 입을 열었다.
이미 입을 열어 제대로 말할 기운조차 없었다. 그저 온 힘을
다해 샤막의 이름을 부를 뿐이다.

그것이 쥴리아가 할 수 있는 전부였다.

"쥴리아 양! 그렇게 기다리던 사람을 데리고 왔습니다. 어
서 힘을 내셔야지요."

미카엘은 애써 눈물을 참으며 말했다.

스르르륵.

쥴리아의 눈이 떠졌다. 며칠 만에 처음이다.

지금 쥴리아는 마지막 생을 쥐어짜며 눈을 뜨고 입을 여는

것이다. 샤막이 왔다는 그 한마디 때문에.

"샤… 막……."

쥴리아의 입에서 들릴락 말락 한 목소리가 흘러나왔다. 하지만 똑똑히 알아들을 수 있었다.

"쥴리아! 크흐흑."

샤막은 참지 못하고 눈물을 떨어뜨렸다.

쥴리아의 손은 이미 뼈만 앙상했다.

도저히 지난날 사랑했던 여인의 모습이 아니었다. 얼마나 고초를 겪었는지 해골에 가죽을 씌워놓은 것과 다르지 않았다.

"샤… 막……."

주르르르륵.

쥴리아의 눈에서 눈물이 흘러내렸다. 고개를 돌려 샤막을 바라볼 수는 없었지만 쥴리아는 샤막을 느낄 수 있었다.

"크허어어엉. 쥴리아! 미안해! 내가 지켜주지 못했어! 내 잘못이야! 흐어어엉."

샤막은 그런 쥴리아의 모습에 울부짖었다. 가슴이 찢어졌다. 쥴리아 대신 자신이 죽고 싶었다.

"다시… 보… 게 되어… 서… 행… 복……."

쥴리아는 온 힘을 다해 한 글자 한 글자 이어갔다.

얼굴 표정을 고칠 수조차 없었지만 왠지 웃고 있는 것 같았다.

"쥴리아! 미안해! 미안해! 으어어엉."

샤막은 차마 쥴리아를 바로 볼 수가 없었다. 너무 가엾고 너무 가련했다. 얼마나 고통스러웠을지, 그리고 지금 얼마나 고통을 참고 있는지 느낄 수 있었다.

"우리… 아… 기… 로… 비… 우……."

쥴리아는 힘겹게 말했다.

"아이가 있다고 들었습니다. 아이는… 로비우스 그 새끼한테 있는 겁니까?"

"그게……."

샤막의 물음에 미카엘 지부장은 차마 대답할 수가 없었다. 쥴리아로 인해 받은 충격에 더해 얼마나 고통스러울지 알기 때문이다.

"말씀해 주십시오. 제가 당장 데려오겠습니다."

샤막은 정신이 나간 사람처럼 소리쳤다.

"죽었네."

미카엘 지부장은 눈을 감으며 조용히 말했다.

"죽다니요? 그게 무슨 말씀입니까? 아이 때문에 쥴리아가 그 고초를 겪었다고 들었습니다."

샤막은 정신이 나갈 지경이었다. 쥴리아에 이어 아이까지 이건 말도 안 되는 일이다.

"로비우스 그놈은 악마라네. 처음부터 아이를 살려둘 생각이 없었네. 그저 쥴리아 양을 협박하는 수단으로 삼았을 뿐. 아이는 태어난 지 얼마 되지 않아 방치되어 죽었네. 굶어서."

미카엘 지부장은 아이가 어떻게 죽었는지에 대해서 보고받은 대로 말해주었다.

"그, 그 개새끼를… 내가……."

샤막은 온몸을 부들부들 떨었다. 이건 분노마저 초월하는 것이다. 샤막은 정신이 아득해지는 느낌이었다.

"진정하게. 지금은 쥴리아 양을 보살펴야지."

"쥴리아! 정말 미안해! 다 내 잘못이야! 크흐흑."

미카엘 지부장이 아니었다면 샤막은 당장 로비우스에게 뛰쳐나갔을 것이다. 하지만 지금은 눈앞에서 고통받는 쥴리아가 먼저였다.

"사… 랑… 해……."

쥴리아는 너무나 힘들게 한마디를 이어갔다.

처음보다 더욱 힘들어했다. 아마도 기력 대부분을 다 쓴 모양이다.

"나도 사랑해! 쥴리아!"

샤막은 쥴리아의 손을 잡고 눈을 마주쳤다. 그녀의 눈동자

만큼은 예전 그대로였다.

"우… 리… 아… 이… 복… 수……."

쥴리아는 마음 깊이 간직하고 있던 한을 입에 담았다. 죽을 수 없었던 이유. 어떤 고통도 감내 해야 했던 이유. 사랑하는 사람의 아이를 지키고자 했기 때문이다.

"로비우스 그 새끼는 내가 찢어 죽일 거야. 반드시! 약속할게. 세상의 모든 고통을 다 느끼도록 할 거야!"

샤막은 쥴리아 앞에서 맹세했다. 살아 숨 쉬는 이상 반드시 그 맹세를 지킬 것이다.

"미… 안……."

쥴리아의 입은 이제 반도 열리지 않았다. 샤막을 다시 보게 되어서 기뻤지만 그에게 복수라는 부담을 안겨줘서 미안했다.

그를 행복하게 해주고 싶었지만 이제는 헤어져야 할 시간이 되어버렸다.

다시 만난 게 샤막에게는 고통일 것이다. 쥴리아는 그런 샤막에게 미안하고 또 미안했다.

그에게 행복을 주지 못하고 고통을 준다는 게 너무 미안했다. 하지만 로비우스만큼은 용서할 수 없었다.

자신에게 어떤 짓을 해도 잊을 수 있지만 샤막의 아이에게는 그래선 안 된다.

줄리아는 이 모든 짐을 남겨야 하는 게 너무나 미안했다.

"아냐. 뭐가 미안해? 미안한 건 나야!"

샤막은 고개를 세차게 흔들었다.

줄리아가 마음의 고통을 받는 게 싫다. 고통은 모두 자신의 몫이 되어야 한다. 사랑하는 여인 하나 지키지 못해 이 비극을 만든단 말인가.

"안… 녕… 내… 사… 랑……."

줄리아는 마지막 생기를 쥐어짜내 간신히 한마디를 이어 갔다.

스르르륵.

줄리아의 눈이 힘없이 감겼다. 그녀의 입술도 더 이상은 움직이지 않았다. 병아리처럼 조심스레 들썩이던 그녀의 가슴도 함께 멎었다.

"줄, 줄리아아아아! 으아아아아!"

샤막은 절규했다. 이 세상을 향해, 신을 향해 절규했다. 이런 운명이라면 필요 없다. 이건 사람의 삶이 아니다.

"로비우스 개 대그빡은 내 손으로 쪼개 버릴 것이여! 보드라고! 내가 반드시 쪼개 버릴 텡께."

로베르토는 당장에라도 달려가 로비우스의 머리를 부숴 버리고 싶은 충동뿐이었다. 그 거구의 어깨가 들썩거렸다. 얼굴은 눈물 콧물로 범벅이 되었다.

"아아아."

카시아스의 눈에서도 뜨거운 눈물이 흘러내렸다. 왜 이리
도 슬픈 일만 생긴단 말인가.

『워리어스』 제5권에 계속…

이제부터 전자책은

이젠북

www.ezenbook.co.kr

새로운 세계가 열린다!

목정균 『비뢰도』　　좌백 『천마군림』　　수담옥 『자객전서』
용대운 『천마부』　　월인 『무정철협』　　임준욱 『붉은 해일』
진산 『하분, 용의 나라』　　설봉 『도검무안』
천중화 『그레이트 원』

이름만 들어도 황홀할 정도의 별들의 향연!

이들의 "유료연재"가 시작됩니다!

검색창에 **이젠북** 을 쳐보세요! ▼　🔍 

원생 新무협 판타지 소설
FANTASTIC ORIENTAL HEROES

낭왕 귀도

2012년 대미를 장식할 초대형 신인
원생의 진한 향기가 풍기는 무협 이야기!

「낭왕 귀도」

전화(戰禍)의 틈바구니 속에서 형제는 노인을 만났고,
동생은 무인이, 형은 낭인이 되었다.

**"저 느림이… 빠름으로 이어질 때…
너희 형제의 한 목숨… 지킬 수… 있을……."**

무림의 가장 밑에 선 자, 낭인.
그들은 무공을 익혔으되, 무인이 아니고,
강호에 살면서도, 강호인이라 불리지 못한다.

낭인으로 시작해 무림에 우뚝 선
한 남자의 이야기가 시작된다!

Book Publishing CHUNGEORAM

유뼁이 아닌 자유추구
WWW.chungeoram.com

신풍기협 神劍風流俠

FANTASTIC ORIENTAL HEROES

윤신현 新무협 판타지 소설

「수라검제」,「태양전기」의 작가 윤신현
우직한 남자의 향기와 함께 돌아오다!

사부와 함께 떠났던 고향.
기다리는 친구들 곁으로 돌아온 강진혁은
사부의 유언을 지키기 위해 강호로 나선다.
반드시 돌아오겠다는 약속을 남기고.

"믿어라. 난 결코 허언을 하지 않는다."

무인으로 살 것인가, 무림인으로 살 것인가.
고민을 안고 나아가는 강진혁의 강호행!

신의 바람이 불어와 무림에 닿을 때,
천하는 또 하나의 전설을 보게 되리라!

Book Publishing CHUNGEORAM

유행이 아닌 자유추구 —
WWW.chungeoram.com

기사도

chivalry

요람 판타지 장편 소설
FANTASY FRONTIER SPIRIT

2012년, 『제국의 군인』의 요람,
그의 새로운 이야기가 시작된다!
같은 세계, 또 다른 이야기!

몰락해 가는 체르니 왕국으로 바람이 분다.
전쟁과 약탈에 살아남은 네 남매는 스승을 만나고
인연은 그들을 끌어올려 초인의 길에 세운다.
그렇게 그들은 기사가 되었고
운명을 따라 흉성을 가진 루는 자신의 기사도를 세운다!

명왕기사(明王騎士) 루.

그가 세우는 기사도의 길에 악이란 없다!

Book Publishing CHUNGEORAM

유행이 아닌 자유추구 -
WWW.chungeoram.com

2012년 겨울, 전율적인 무협이 찾아온다!
정통 무협의 대가, 백야.
이번에는 낭인의 이야기로 돌아오다!

「낭인천하」

어린 아들 둘을 이끌고 유주에 나타난 낭인, 담우천.
정체를 알 수 없는 낭인의 발걸음에 잠자고 있던 무림이 격동하기 시작한다.

앞을 가로막는 자, 베리라. 내 가족을 노리는 자, 처단하리라!

사랑하는 아내의 손을 잡는 그날까지
한겨울 매서운 삭풍을 뚫고
낭인의 무(武)가 천하를 뒤흔든다!

유행이 아닌 자유추구 —
WWW.chungeoram.com
Book Publishing CHUNGEORAM

「현중 귀환록」 작가의 놀라운 귀환!
새시대를 열 강렬한 현대물이 등장하다!

극서의 사막을 헤메다 만난 버려진 기지.
그를 기다리던 것은… 차원을 넘는 게이트!

「바벨의 탑」

하늘에 닿기 위해 건설되었다가 신의 노여움을 사 무너진 바벨의 탑.
그 정체는 차원을 넘나드는 게이트였으니.

바벨의 탑의 유일한 주인이 된 진운!
그의 앞에 열리는 새로운 세상, 삶, 운명!

억압하는 모든 것을 부수고 나아가는
한 남자의 장렬한 이야기가 시작된다!

Book Publishing CHUNGEORAM

유토피아 이닌 자유추구 —
www.chungeoram.com

FUSION FANTASTIC STORY

STEEL ROAD 스틸로드

이영균 퓨전 판타지 소설

**2012년 겨울!! 대륙의 핍박받던 이들을 향한
구원과 희망의 울림이 메아리친다!**

「스틸로드」

사랑하는 아내와의 꿈과 같은 크루즈여행의 마지막 밤.
배는 난파를 당하고, 이계로 떨어진 준혁!

사략해적의 손길에서 살아남은 준혁은 아내를 찾기 위해
미지의 땅에서 영웅이 된다!

뜨거운 사막의 열기처럼! 악마의 달의 위엄처럼!
강철같은 심장을 가진 그의 행보가 시작된다!

신화를 쓰는 남자의 길을 주목하라!

Book Publishing CHUNGEORAM

유행이 아닌 자유추구 -
WWW.chungeoram.com

拳王降臨
권왕강림

FUSION FANTASTIC STORY
무명서생 장편 소설

강렬함을 원하는가?
원한다면 읽어라!
『권왕강림』

주먹으로 마왕을 때려잡던 이계의 피스트 마스터, 카론!
나약한 왕따와 영혼이 교체되어 현대에 다시 태어나다!

"앞을 가로막는 자는 때려눕힌다!"

맨손으로 불평등한 세상을 평정할
위대한 권왕의 이름을 기억하라!

권왕 상두 강! 림!

Book Publishing CHUNGEORAM
www.chungeoram.com